ՀԵՔԻԱԹՆԵՐ

ՀՈՎՀԱՆՆԵՍ ԹՈՒՄԱՆՅԱՆ

Հեքիաթներ

Հրատարակված է Ամերիկայի Միացյալ Նահանգներում:

ISNB: 978-1-64439-902-6

ԱՆՀԱՂԹ ԱՔԼՈՐԸ

Լինում է, չի լինում՝ մի աքլո՛ր է լինում:

Էս աքլորը քուչուչ անելիս մի ոսկի է գտնում:

Կտուրն է բարձրանում, ձեն է տալի.

— Ծուղրուղո՛ւ, փող եմ գտե՛լ...

Թագավորը լսում է, իր նազիր-վեզիրին հրամայում է՝ գնան խլեն բերեն:

Նազիր-վեզիրը գնում են՝ խլում բերում: Աքլորը կանչում է.

— Ծուղրուղո՛ւ, թագավորն ինձանով ապրե՛ց...
Թագավորը ոսկին ետ տալիս է իր նազիր-վեզիրին, ասում է.

— Ետ տարեք իրեն տվեք, թե չէ աշխարհքովը մին կխայտառակի մեզ էդ անպիտանը...

Նազիր-վեզիրը ոսկին տանում են ետ տալիս աքլորին: Աքլորն էլ կտուրն է բարձրանում.

— Ծուղրուղո՛ւ, թագավորն ինձանից վախե՛ց...
Թագավորը բարկանում է, իր նազիր-վեզիրին հրամայում է.

— Գնացե՛ք,— ասում է,— բռնեցեք էդ սրիկային, գլուխը կտրեցեք, եփեցեք, բերեք ուտեմ, պրծնեմ դրանից։

Նազիր-վեզիրը գնում են աքլորին բռնում, որ տանեն։ Տանելիս կանչում է.

— Ծուղրուղո՛ւ, թագավորն ինձ հյուր է կանչե՜լ...

Տանում են մորթում, պղինձն են կոխում, որ եփեն, ձեն է տալի.

— Ծուղրուղո՛ւ, թագավորն ինձ տաք-տաք բաղնիք է ղրկե՛լ... Եփում են բերում թագավորի առաջն են դնում, կանչում է.

— Թագավորի հետ սեղան եմ նստե՛լ, ծուղրուղո՛ւ... Թագավորը շտապով վերցնում է կուլ տալի։ Կոկորդով գնալիս կանչում է.

— Նեղ-նեղ փողոցներով անց եմ կենում, ծուղրուղո՛ւ... Թագավորը որ տեսնում է՝ կուլ տվեց, էլ չի ձենը կտրում, իր նազիր-վեզիրին հրամայում է թուրները հանած պատրաստ կենան, որ մին էլ ձենածի՝ զարկեն։

Նազիր-վեզիրը թրերը հանած՝ պատրաստ կանգնում են մինը էս կողմը, մյուսը էն։

Աքլորը որ թագավորի փորն է հասնում, ձեն է տալի.

— Լույս աշխարհքումն էի, մութ տեղն եմ ընկել, ծուղրուղո՛ւ...

— Զարկե՛ք...— հրամայում է թագավորը։ Նազիր-վեզիրը զարկում են, տալիս են թագավորի փորը պատռում:

Աքլորը դուրս է պրծնում, փախչում է, կտեր ծերին կանգնում ձեն տալի.

— Ծուղրուղո՜ւ...

ՊՈՉԱՏ ԱՂՎԵՍԸ

Լինում է, չի լինում՝ մի պառավ: Էս պառավն իր էծը կթում է, կաթը վեր է դնում, գնում է ցախ ու փետ բերի, որ կրակ անի, կաթն եփի;

Մի աղվես գալիս է, գլուխը կոխում կաթնի ամանը, կաթն ուտում.

Պառավը վրա է հասնում, ցաքատով տալիս է, աղվեսի պոչը կտրում:

Պոչատ աղվեսը փախչում է, գնում է մի քարի վրա կանգնում է ու էսպես խնդրում.

— Տատիկ, տատիկ, պոչս տուր, կցեմ-կցմցեմ, գնամ ընկերներիս հասնեմ, որ ինձ չասեն՝ պոչատ աղվես, ո՞րտեղ էիր:

Պառավն ասում է.

— Դե գնա իմ կաթը բեր:

Աղվեսը գնում է կովի մոտ:

— Կովիկ, կովիկ, կա՛թ տուր ինձ, կաթը տանեմ պառավին տամ, պառավը պոչս տա, կցեմ-կցմցեմ, գնամ ընկերներիս հասնեմ, որ ինձ չասեն՝ պոչատ աղվես, ո՞րտեղ էիր:

Կովն ասում է.

— Դե գնա ինձ համար խոտ բեր: Աղվեսը գնում է արտի մոտ:

— Արտիկ, արտիկ, խո՛տ տուր ինձ, խոտը տանեմ կովին տամ, կովը ինձ կաթ տա, կաթը տանեմ պառավին տամ, պառավը պոչս տա, կցեմ-կցմցեմ, գնամ ընկերներիս հասնեմ, որ ինձ չասեն՝ պոչատ աղվես, ո՞րտեղ էիր: Արտն ասում է.

— Դե գնա ինձ համար ջուր բեր:

Աղվեսը գնում է աղբյուրի մոտ:

— Աղբյուր, աղբյուր, ջո՛ւր տուր ինձ, ջուրը տանեմ արտին տամ, արտը ինձ խոտ տա, խոտը տանեմ կովին տամ, կովը ինձ կաթ տա, կաթը տանեմ պառավին տամ, պառավը պոչս տա, կցեմ-կցմցեմ, գնամ ընկերներիս հասնեմ, որ ինձ չասեն՝ պոչատ աղվես, ո՞րտեղ էիր:

Աղբյուրն ասում է.

— Դե գնա կուժ բեր:

Աղվեսը գնում է աղջկա մոտ:

— Աղջի՛կ, աղջիկ, կուժդ տուր, կուժը տանեմ աղբյուրին տամ, աղբյուրը ինձ ջուր տա, ջուրը տանեմ արտին տամ, արտը ինձ խոտ տա, խոտը տանեմ կովին տամ, կովը ինձ կաթ տա, կաթը տանեմ պառավին տամ, պառավը պոչս տա, կցեմ-կցմցեմ, գնամ ընկերներ՛իս հասնեմ, որ ինձ չասեն՝ պոչատ աղվես, ո՞րտեղ էիր։

Աղջիկն ասում է.

— Դե գնա ուլունք բեր ինձ համար։

Աղվեսը գնում է չարչու մոտ։

— Չարչի, չարչի, ուլո՛ւնք տուր, ուլունքը տանեմ աղջկան տամ, աղջիկը ինձ կուժ տա, կուժը տանեմ աղբյուրին տամ, աղբյուրը ինձ ջուր տա, ջուրը տանեմ արտին տամ, արտը ինձ խոտ տա, խոտը տանեմ կովին տամ, կովը ինձ կաթ տա, կաթը տանեմ պառավին տամ, պառավը պոչս տա, կցեմ-կցմցեմ, գնամ ընկերներիս հասնեմ, որ ինձ չասեն՝ պոչատ աղվես, ո՞րտեղ էիր։

Չարչին ասում է.

— Դե գնա ինձ համար ձու բեր։

Աղվեսը գնում է հավի մոտ։

— Հավիկ, հավիկ, ձու-ձու տուր, ձու-ձուն տանեմ չարչուն տամ, չարչին ինձ ուլունք տա, ուլունքը տանեմ աղջկան տամ, աղջիկն ինձ կուժ տա. կուժը տանեմ աղբյուրին տամ, աղբյուրը ինձ շուր տա. ջուրը տանեմ արտին տամ, արտը ինձ խոտ տա. խոտը տանեմ կովին տամ, կովը ինձ կաթ տա. կաթը տանեմ պառավին տամ, պառավը պոչս տա, կցեմ-կցմցեմ, գնամ ընկերներիս հասնեմ, որ ինձ չասեն՝ պոչատ աղվես, ո՞րտեղ էիր։

Հավն ասում է.

— Դե գնա ինձ համար կուտ բեր:

Աղվեսը գնում է կալվորի մոտ:

— Կալվոր, կալվոր, կո՛ւտ տուր ինձ, կուտը տանեմ հավին տամ. հավը ինձ ձու տա, ձուն տանեմ չարչուն տամ, չարչին ինձ ուլունք տա, ուլունքը տանեմ աղջկան տամ, աղջիկն ինձ կուժ տա, կուժը տանեմ աղբյուրին տամ, աղբյուրը ինձ ջուր տա, ջուրը տանեմ արտին տամ, արտը ինձ խոտ տա, խոտը տանեմ կովին տամ, կովը ինձ կաթ տա, կաթը տանեմ պառավին տամ, պառավը պոչս տա. կցեմ-կցմցեմ, գնամ ընկերներիս հասնեմ, որ ինձ չասեն՝ պոչատ աղվես, ո՞րտեղ էիր:

Կալվորի մեղքը գալիս է. մի բուռ կուտ է տալիս: Աղվեսը կուտը տանում է հավին, հավը ձու է տալի, ձուն տանում է չարչուն, չարչին ուլունք է տալի, ուլունքը տանում է աղջկան, աղջիկը կուժ է տալի, կուժը տանում է աղբյուրին, աղբյուրը ջուր է տալի, ջուրը տանում է արտին, արտը խոտ է տալի, խոտը տանում է կովին, կովը կաթ է տալի, կաթը տանում է տալի պառավին, պառավը պոչը տալիս է իրեն, կցում է, կցմցո՛ւմ, վազում է գնում, իր ընկերներին հասնում:

ԱՆԽԵԼՔ ՀԻՄԱՐԸ

Ժամանակով մի աղքատ մարդ կար. որքան աշխատում էր, որքան չարչարվում էր, դարձյալ միևնույն աղքատն էր մնում:

Հուսահատված մի օր նա վեր կացավ, թե՝ պետք է գնամ գտնեմ աստծուն, տեսնեմ ես երբ պետք է պրծնեմ այս աղքատությունից ու ինձ համար մի բան խնդրեմ:

Ճանապարհին մի գայլ պատահեց.

— Առաջ բարի, մարդ-ախպեր, ո՞ւր ես գնում,— հարցրեց գայլը:

«Գնում եմ աստծու մոտ,— պատասխանեց աղքատը,— դարդ ունեմ ասելու»:

— Դե որ գնաս աստծու մոտ,— խնդրեց գայլը,— ասա մի սոված գայլ կա, գիշեր-ցերեկ ման է գալիս սար ու ձոր, ուտելու բան չի գտնում, ասա՛ մինչև ե՞րբ պետք է սոված մնա. որ ստեղծել ես՝ ինչո՞ւ չես կերակուր հասցնում:

«Լա՛վ», — ասաց մարդն ու շարունակեց

ճանապարհը: Շատ գնաց թե քիչ, պատահեց մի սիրուն աղջկա:

— Ո՞ւր ես գնում, ախպեր,— հարցրեց աղջիկը:

«Գնում եմ աստծու մոտ»:

— Երբ որ աստծուն տեսնես,— աղաչեց սիրուն աղջիկը,— ասա այսպիսի մի աղջիկ կա՝ ջահել, առողջ, հարուստ, բայց չի կարողանում ուրախանալ, բախտավոր զգալ իրան, ի՞նչ պիտի լինի նրա ճարը:

«Կասեմ»,— խոստացավ ճամփորդն ու գնաց, պատահեց մի ծառի, որ թեև ջրափին էր կանգնած, բայց չոր էր:

— Ո՞ւր ես գնում, ա՛յ ճամփորդ,— հարցրեց չոր ծառը: «Գնում եմ աստծու մոտ»:

— Դե կանգնի՛ր, մի երկու խոսք էլ ես ապսպրեմ,— խնդրեց չոր ծառը,— աստծուն, կասես, այս ի՞նչ բան է, բուսել եմ այս պարզ ջրի ափին, բայց ամառ-ձմեռ չոր եմ մնում, ե՞րբ պետք է ես էլ կանաչեմ:

Այս էլ լսեց աղքատն ու շարունակեց ճանապարհը:

Այնքան գնաց մինչև, գտավ աստծուն: Մի բարձր ժայռի տակ, մեջքը ժայռին դեմ տված, ալևոր մարդու կերպարանքով նստած էր աստվածը:

«Բարի օր»,— ասաց աղքատն ու կանգնեց աստծու առաջին:

— Բարով եկար,— պատասխանեց աստված,— ի՞նչ ես ուզում:

«Էն եմ ուզում, որ ամեն մարդի էլ հավասար աչքով

մտիկ անես, մեկին ավար չանես, մյուսին խավար, ես այնքան եմ տանջվում, աշխատում եմ, էլ չեմ կարողանում կուշտ փորով հաց գտնեմ, իսկ շատերը, որ իմ կեսի չափ էլ չեն աշխատում, հարուստ ու հանգիստ ապրում են»:

— Դե գնա, հիմի կհարստանաս, քո բախտը տվեցի, գնա վայելի՛ր,-ասաց աստված:

«Էլ բան ունեմ ասելու, տե՛ր»,— ասաց աղքատն ու պատմեց սոված գայլի, սիրուն աղջկա ու չոր ծառի ապսպրանքը:

Աստված բոլորի պատասխանը տվեց, և աղքատը շնորհակալություն արավ ու հեռացավ:

Վերադարձին պատահեց չոր ծառին:

— Ինձ համար ի՞նչ ասաց աստված — հարցրեց չոր ծառը: «Ասաց, քո տակին ոսկի կա. մինչև այդ ոսկին չհանեն, որ արմատներդ հողին հասնի, դու չես կանաչիլ»,— պատմեց մարդը:

— Էլ ո՞ւր ես գնում, արի՛ ոսկին հանիր էլի, համ քեզ օգուտ կլինի, համ ինձ, դու կհարստանաս, ես էլ կկանաչեմ:

«Չէ՛, ես ժամանակ չունեմ, շտապում եմ,— պատասխանեց աղքատը,— աստված ինձ բախտ տվեց, ես շուտով պետք է գնամ իմ բախտը գտնեմ, վայելեմ»,— ասաց ու գնաց:

Հետո սիրուն աղջիկը պատահեց ու ճամփորդի առաջը կտրեց.

— Ի՞նչ լուր բերիր ինձ համար։

«Աստված ասաց՝ դու պիտի քեզ համար մի մտերիմ կյանքի ընկեր գտնես, այն ժամանակ էլ տխուր չես լինիլ, ուրախ ու երջանիկ կլինես»։

— Դե որ այդպես է, արի՛ դու եղիր իմ կյանքի մտերիմ ընկերը,— թախանձեց աղջիկը ճամփորդին։

«Չէ՛, ես քեզ ընկերակցելու ժամանակ չունեմ, աստված ինձ բախտ է տվել, պետք է գնամ իմ բախտը գտնեմ, վայելեմ»,— ասաց աղքատն ու հեռացավ։

Ճանապարհին սպասում էր սոված գայլը, հեռվից հենց որ տեսավ ճամփորդին, վազեց առաջը կտրեց։

— Հը, աստված ի՞նչ ասաց։

«Ախպեր, աստծու մոտ գնալիս քեզանից հետո մի սիրուն աղջիկ ու մի չոր ծառ էլ պատահեցին, աղջիկն ապսպրեց, թե ինչու ինքը չի կարողանում ուրախանալ, ծառն էլ թե՝ ինչո՞ւ է գարուն, ամառ չոր։ Աստծուն պատմեցի, ասաց՝ աղջկանն ասա իրան համար մի կյանքի ընկեր գտնի՝ կբախտավորվի, ծառին էլ ասա, քո տակին ոսկի կա, պետք է այդ ոսկին հանեն, արմատներդ հողին հասնեն, որ կանաչես։ Եկա իրանց պատմեցի աստծու խոսքերը, ծառն ասաց, դե արի, հանիր ոսկին տար, աղջիկն էլ թե՝ ես հենց քեզ եմ ընտրում ինձ ընկեր։ Ասացի, չէ՛, ախպեր, չեմ կարող, աստված ինձ բախտ է տվել, պետք է գնամ իմ բախտը գտնեմ, վայելեմ»։

— Իսկ ինձ համար ի՞նչ ասաց աստված,— հարցրեց սոված գայլը:

«Քեզ համար էլ ասաց՝ սոված ման կգաս՝ մինչև մի անխելք մարդ կգտնես, կուտես, կկշտանաս»:

— Էլ քեզանից անխելք մարդ ո՞րտեղից գտնեմ, որ ուտեմ,— ասաց գայլն ու կերավ անխելք աղքատին:

ԽԵԼՈՔՆ ՈՒ ՀԻՄԱՐԸ

Երկու ախպեր են լինում, մինը խելոք, մյուսը հիմար: Խելոք ախպերը միշտ բանեցնում ու չարչարում է հիմարին: Էնքան չարչարում է, որ հիմարը հուսահատվում է, մի օր էլ կանգնում է, թե՝

— Ախպեր, էլ չեմ ուզում քեզ հետ կենամ, բաժանվում եմ. իմ բաժինը տուր, գնամ ջոկ ապրեմ:

— Լա՛վ,— ասում է խելոքը.— էսօր էլ դու ապրանքը ջուրը տար, ես կերը տամ. երբ ջրից բերես, ո՛ր ապրանքը գոմը մտնի, ինձ, որը դուրս մնա՝ քեզ:

Ժամանակն էլ լինում է ձմեռ:

Հիմարը համաձայնում է: Ապրանքը ջուրն է տանում ետ բերում: Ձմեռվա ցուրտ օր, մրսած անասուններ, հենց տաք գոմի դուռն են հասնում թե չէ՝ իրար ետնից ներս են թափում: Դռանը մնում է մի հիվանդ քոսոտ մոզի՝ զերաններին քոր անելիս: Էն է մնում հիմարին:

Էս թիմարը թոկը վիզն է կապում, իր մոզին տանում ծախելու:

— Ա՛ մոզի, արի, հե՛յ,— կանչելով գնում է:

Մի հին ավերակի մոտից անցնելիս էլ որ ձեն է տալի՝ ա՛ մոզի, արի, հեյ... ավերակի արձագանքը կրկնում է.

— Հե՜յ… հիմարը կանգնում է:

— Ինձ հետ ես խոսում, հա՞…

Ավերակը ձայն է տալիս.

— Հա՜…

— Մոզին ուզում ե՞ս:

— Ե՜ս…

— Քա՞նի մանեթ կտաս:

— Տա՜ս…

— Հիմի կտա՞ս, թե չէ:

— Չէ՜…

— Դե էգուց կգամ, որտեղից որ է՝ ճարի՛:

— Արի՜…

Հիմարը համաձայնում է ու մոզին ծախված

համարելով՝ ավերակի դռանը կապում է, շվշվացնելով վերադառնում տուն:

Մյուս օրը առավոտը վաղ վեր է կենում գնում փողերն առնելու: Դու մի՛ ասիլ՝ գիշերը գայլերը մոզին կերել են: Գնում է տեսնում՝ ոսկորները դես ու դեն ցրված ավերակի առջև:

— Հը՛,— ասում է,— մորթել ես կերել, հա՛:

— Հա՛...

— Չաղ է՞ր, թե չէ:

— Չէ՛:

Հիմարը էստեղ վախենում է, կարծում է ավերակի մտքումը կա, որ իր փողը չտա:

— Էդ իմ բանը չի,— ասում է,— առել ես պրծել, ես իմ փողի տերն եմ, բեր իմ փողը՝ տասը մանեթ դեղին ոսկի՛...

— Սկի՛...

Էս էլ որ լսում է հիմարը, բարկանում է, ձեռի փետը ետ է տանում, տուր թե կտաս, ավերակի խարխուլ պատերին: Մին, երկու զարկում է. պատերից մի քանի քար են վեր ընկնում: Դու մի ասիլ՝ հնուց էդ պատում զանձ է եղել պահած: Քարերը որ վեր են ընկնում՝ ոսկին թափում է հանկարծ առաջը՝ լցվում:

— Այ էդպես... բայց էքանն ի՞նչ եմ անում, տասը մանեթ ես պարտ, իմ տասը մանեթը տուր, մնացածը քու փողն է, ընչի՞ս է պետք...

Մի ոսկի է վերցնում, գալի տուն:

— Հը՛, մոզիդ ծախեցի՞ր,— ծիծաղելով հարցնում է խելոք ախպերը:

— Ծախեցի:

— Ո՞ւմ վրա:

— Ավերակի:

— Հետո, փող տվա՞վ:

— Իհարկե տվավ: Դեռ չէր ուզում տա, ամա ձեռիս փետովը որ մի քանի հասցրի, ինչ ուներ՝ առաջիս փռեց: Իմ տասը մանեթը վեր կալա, մնացածն իրենն էր, հենց թողեցի էնպես փռված:

Ասում է ու ոսկին հանում ցույց տալիս:

— Էդ ո՞րտեղ է,— աչքերը չորս է անում խելոք ախպերը:

— Է՛հ, ցույց չեմ տալ, դու աչքածակ ես, էնքան կհավաքես, շալակս կտաս, որ մեջքս կկոտրի:

Խելոքը երդվում է, որ մենակ ինքը կշալակի, միայն թե տեղը ցույց տա:

— Բեր,— ասում է,— ձեռինդ էլ ինձ տուր, մնացածի տեղն էլ ցույց տուր, որ ես տեսնեմ տկլոր ես, քեզ համար նոր շորեր առնեմ:

Հիմարը նոր շորերի անունը որ լսում է՝ ձեռինն էլ է տալիս ախպորը, տանում է մնացածի տեղն էլ ցույց տալի: Խելոքը ոսկին հավաքում է, բերում տուն, հարստանում, բայց ախպոր համար նոր շորեր չի առնում:

Էս հիմարը ասում է, ասում է, որ տեսնում է չի լինում, գնում է դատավորի մոտ գանգատ:

— Պարոն դատավոր,— ասում է,— ես մի մոզի ունեի, տարա ավերակի վրա ծախեցի...

— Հերիք է, հերիք,— ընդհատում է դատավորը.— էս հիմարը ո՞րտեղից եկավ, ո՛նց թե մոզին ավերակի վրա ծախեցի...— վրեն ծիծաղում է ու դուրս անում:

Գնում է ուրիշներին զանգատվում, նրանք էլ էն վրեն ծիծաղում:

Ու ասում են, մինչև էսօր էլ խեղճ հիմարը կիսամերկ ման է գալի, պատահողին զանգատվում, բայց ոչ ոք չի հավատում, ամենքն էլ ծիծաղում են վրեն, իսկ խելոք ախպերն էլ ծիծաղում է ամենքի հետ:

ՉԱԽՈՐԴ ՓԱՆՈՍԸ

Ժամանակով մի աղքատ մարդ է լինում, անունը Փանոս: Ինքը մի բարի մարդ է լինում, բայց ինչ գործ որ բռնում է՝ ձախ է գնում: Դրա համար էլ անունը դնում են Չախորդ Փանոս: Ունեցած-չունեցածը մի լուծ եզն է լինում, մի սել ու մի կացին:

Մի օր եզները սելում լծում է, կացինը առնում գնում անտառը փետի: Անտառում էս Փանոսը միտք է անում, թե՝ մի բան որ ծառը կտրելուց ետը մին էլ նեղություն պետք է քաշեմ՝ ահագին գերանը գետնից բարձրացնեմ գցեմ սելի մեջը, ավելի լավ է՝ հենց սելը լծած բերեմ ծառի տակին կանգնեցնեմ, որ ծառը կտրեմ թե չէ, ընկնի մեջը:

Ասածն արած է:

Եզներով սելը բերում է մի մեծ ծառի ներքև կանգնեցնում, ինքը անցնում է վերի կողմը, կացինը քաշում՝ թրխկ, հա թրխկ: Շատ է քաշում թե քիչ, էդ էլ ինքը կիմանա, ծառը ճռճռալով գալիս է զարկում, տակովն անում սելը ջարդում, եզներն էլ հետը: Փանոսը մնում է ապշած կանգնած: Ի՞նչ պետք է անի: Կացինը վերցնում է ու ծոծրակը քորելով ճամփա է ընկնում դեպի տուն:

Ճամփին մի լճի ափով անց կենալիս է լինում: Տեսնում է մեջը վայրի բադեր են լողում: Ասում է՝ գլուխը քարը, չեղավ չեղավ, արի գոնե մի բադ սպանեմ, տանեմ տամ կնկանս: Ասում է ու կացինը պտտում, շպրտում դեպի բադերը, որ մինն սպանի, բադերը ճղճղալով ցրվում են, փախչում են, որը եղեգնուտն է մտնում, որը թռչում գնում, կացինն էլ ընկնում է լճի խոր տեղը, տակն անում, կորչում: Փանոսը մնում է լճի ափին կանգնած միտք անելիս: Ի՞նչ անի, ի՞նչ չանի: Շորերը հանում է դնում լճի ափին, ինքը մտնում մեջը, որ կացինը հանի: Գնում է, գնում, քանի առաջ է գնում, ջուրն էնքան խորանում է, տեսնում է կարող է խեղդվել, ետ է դառնում, դուրս գալի:

Դու մի՛ ասիլ՝ Փանոսը որ լիճն է մտնում ու խորը գնում, էդ ժամանակ լճափով մի անցկենող է լինում, տեսնում է էստեղ թափած շորեր կան, եղեգնուտի մեջ խորը գնացած Փանոսին էլ չի նկատում, էս շորերը հավաքում է, առնում գնում:

Փանոսը լճից դուրս է գալի, տեսնում շոր չկա: Մնում է տկլոր կանգնած:

Միտք է անում. «Ի՜նչ անեմ, տեր աստված, էսպես տկլոր ո՛ւր գնամ»:

Սպասում է մինչև մութն ընկնի: Մթան հետ վեր է կենում գնում գյուղը: Որ գյուղին մոտենում է, ասում է՝ էսպես տկլոր որ գնամ մեր տունը, տանըցիք ի՞նչ կասեն: Արի գնամ ախպորիցս շոր առնեմ հագնեմ՝ էնպես գնամ կնկանս մոտ:

Ճամփեն ծռում է դեպի ախպոր տունը:

Դո՛ւ. մի ասիլ՝ էդ գիշեր էլ ախպոր մոտ մեծարք կա,

քեֆի էլ էն տաք ժամանակն է: Դուռը ծերպ է անում, տեսնի ով կա, ով չկա, հյուրերից մինը կարծում է, թե շունն է, ձեռի կրծած ոսկորը շպրտում է դեպի դուռը, ոսկորը դիպչում է աչքին, աչքը հանում:

Փանոսը ցավից վա՜յ վայ անելով ետ է դառնում, շներն էս ձենի վրա վեր են կենում, տեսնում են, օհո՜, մթնումը հրես մի տկլոր օքմին, ու չորս կողմից վրա են տալիս: Շների հաչոցի վրա մարդիկ դուրս են թափվում, տեսնում են՝ մի տկլոր մարդ փախած գնում է, շները ետևից: Առանց երկար ու բարակ մտածելու վճռում են, որ կա թե չկա սա սատանա է:

Բավական տեղ ղըչըղու տալով, հայհոյելով, հարայ-հրոցով ընկնում են ետևից, հալածում, տանում գցում անտառները:

Շներն էլ ետևիցը մի ճուռը պոկում են, ու էսպես տկլոր, աչքը հանած, կաղին տալով՝ խեղճ Փանոսը գնում է կորչում:

Մյուս օրը գյուղում տարածվում է, թե հապա չեք ասի՝ «Փանոսը կորել է: Գնացել է անտառը փետի ու ետ չի եկել»: Գեղահավան հավաքվում են գնում, գնում են անտառը ման գալի, սելն ու եզները գտնում են ծառի տակին ջարդված, ինքը չկա:

Դես Փանոս, դեն Փանոս. հարց ու փորձով հագուստն էլ գտնում են մեկի մոտ:

— Ա՜յ մարդ, էս հագուստը ո՞րտեղից է ընկել քեզ մոտ:

— Թե՝ ախպեր, էս հագուստը էսպես մի լճի ափին վեր ածած էր, հավաքեցի բերի:

Գնում են լճի չորս կողմը պտտում, կանչում՝ «Փանո՛ս, Փանո՛ս», Փանոսը չկա:

Վճռում են որ Փանոսը խեղդվել է:

Գալիս են ժամ ու պատարագ են անում, քելեխը տալիս: Կնիկն էլ մի քիչ սուգ է անում, Փանոսին զովում, ափսոսում, հետո մի ուրիշ մարդ է ուզում, հետը պսակվում գնում:

ԾԻՏԸ

Լինում է, չի լինում մի ծիտ։

Մի անգամ էս ծտի ոտը փուշ է մտնում։ Դես է թռչում, դեն է թռչում, տեսնում է՝ մի պառավ փետի է ման գալի, թոնիր վառի, հաց թխի։ Ասում է.

— Նանի ջան, նանի, ոտիս փուշը հանի, թոնիրդ վառի, ես էլ գնամ քուջուջ անեմ, գլուխս պահեմ։

Պառավը փուշը հանում է, թոնիրը վառում։ Ծիտը գնում է, ետ գալի, թե՝ փուշը ետ տուր ինձ։

Պառավն ասում է.

— Փուշը թոնիրն եմ գցել։

Ծիտը կանգնում է, թե՝

— Իմ փուշը տուր, թե չէ դես թռչեմ, դեն թռչեմ, լոշիկդ առնեմ, դուրս թռչեմ։

Պառավը մի լոշ է տալի։ Ծիտը լոշն առնում է թռչում։ Գնում է տեսնում՝ մի հովիվ անհաց կաթն է ուտում։ Ասում է.

— Հովիվ ախպեր, կաթն ինչո՞ւ ես. անհաց ուտում։ Ա՛յ լոշը ա՛ռ, կաթնի մեջ բրդի՛, կե՛ր, ես էլ գնամ քուջուջ անեմ, գլուխս պահեմ։

Գնում է, էտ զալի, թե՝ լոշս տուր:

Հովիվն ասում է.

— Կերա:

— Չէ՛,— ասում է,— իմ լոշը տուր, թե չէ դես թռչեմ, դեն թռչեմ, զառնիկդ առնեմ, դուրս թռչեմ:

Հովիվը ճարահատած մի զառն է տալի: Առնում է թռչում: Գնում է տեսնում՝ մի տեղ հարսանիք են անում, մսացու չունեն, որ մորթեն: Ասում է.

— Ի՞նչ եք մոլորել: Ա՛յ, իմ զառն առեք, մորթեցեք, քեֆ արեք: Ես էլ գնամ քուջուջ անեմ, գլուխս պլստեմ:

Գնում է, զալի, թե՝ իմ զառը տվեք:

Ասում են.

— Մորթել ենք կերել, ո՞րտեղից տանք:

Սա կանգնում է, թե՝ չէ, իմ զառը տալիս եք՝ տվեք, թե չէ՝ դես թռչեմ, դեն թռչեմ, հարսին առնեմ, դուրս թռչեմ:

Ու հարսին առնում է թռչում:

Գնում է, գնում, գնում է տեսնում՝ մի աշուղ մի ճամփով գնում է:

Ասում է.

— Աշուղ ախպեր, առ էս հարսին պահի քեզ մոտ: Ես էլ գնամ քուջուջ անեմ, գլուխս պահեմ:

Գնում է, ետ գալի աշուղի առաջը կտրում, թե՝ իմ հարսը ինձ տուր:

Աշուղը ասում է.

— Հարսը գնաց իրենց տուն:

Սա թե՝ չէ, իմ հարսը տուր, թե չէ՝ դես թռչեմ, դեն թռչեմ, սազիկդ առնեմ դուրս թռչեմ:

Աշուղը սազը տալիս է իրեն:

Սազն առնում է, ուսը զցում, թռչում, մի տեղ նստում է, սկսում է ածել ու ճրտվրտալով երգել.

Ծընգլը, մընգլը,
Փուշիկ տվի, լոշիկ առա,
Լոշիկ տվի, գառնիկ առա,
Գառնիկ տվի, հարսիկ առա,
Հարսիկ տվի, սազիկ առա,
Սազիկ առա, աշուղ դառա,
Ծընգլը, մընգլը,
Ծի՜վ, ծի՜վ:

ՉԱԽՉԱԽ ԹԱԳԱՎՈՐԸ

Լինում է, չի լինում մի աղքատ ջաղացպան։

Մի պատռված քուրք հագին, մի ալրոտ փոստալ գլխին՝ ապրելիս է լինում գետի ափին, իր կիսավեր ջաղացում։ Ունենում է մի մոխրոտ բաղարջ ու մի կտոր պանիր։

Մի օր գնում է, որ ջաղացի ջուրը թողնի, գալիս է տեսնում պանիրը չկա։

Մին էլ գնում է ջուրը կապի, գալիս է տեսնում՝ բաղարջը չկա։

Էս ՛ո՞վ կլինի, ո՞վ չի լինի։ Մտածում է, մտածում ու ջաղացի շեմքում թակարդ է լարում։ Առավոտը վեր է կենում, տեսնում մի աղվես է ընկել մեջը։

— Հը՞, գող անիծված, դու ես կերել իմ պանիրն ու բաղարջը, հա՞. կաց՝ հիմի ես քեզ պանիր ցույց տամ։— Ասում է ջաղացպանն ու լինգը վերցնում է, որ աղվեսին սպանի։

Աղվեսը աղաչանք-պաղատանք է անում։ Ինձ մի սպանի,— ասում է,— մի կտոր պանիրն ինչ է, որ դրա համար ինձ սպանում ես։ Կենդանի բաց թող, ես քեզ շատ լավություն կանեմ։

Ջաղացպանն էլ լսում է, կենդանի բաց է թողնում։

էս աղվեսը գնում է, էդ երկրի թագավորի աղբանոցում ման է գալի ման, մի ոսկի է գտնում: Վազ է տալիս թագավորի մոտ:

— Թագավորն ապրած կենա, ձեր կոտը մի տվեք: Չախչախ թագավորը մի քիչ ոսկի ունի, չափենք ետ կբերենք:

— Չախչախ թագավորն ո՞վ է,— զարմացած հարցնում է թագավորը:

— Դու դեռ չես ճանաչում,— պատասխանում է աղվեսը:— Չախչախը մի շատ հարուստ թագավոր է, ես էլ նրա վեզիրն եմ: Կոտը տուր, տանենք ոսկին չափենք, հետո կճանաչես:

Կոտը առնում է տանում, աղբանոցում գտած ոսկին ամրացնում կոտի ճեղքում, իրիկունը ետ բերում, տալիս:

— Օֆ,— ասում է,— զոռով չափեցինք:

— Միթե ճշմարիտ սրանք կոտով ոսկին են չափել,— մտածում է թագավորը: Կոտը թափ է տալիս, զրնգալեն մի ոսկի է վեր ընկնում:

Մյուս օրը աղվեսը ետ գալիս է, թե՝ Չախչախ թագավորը մի քիչ ակն ու մարգարիտ ունի, ձեր կոտը տվեք, չափենք կբերենք:

Կոտն առնում է տանում: Մի մարգարիտ է գտնում, կոխում է կոտի արանքը, էլ ետ իրիկունը ետ թերում:

— Օֆ,— ասում է,— մեռանք մինչև չափեցինք: Թագավորը կոտը թափ է տալի, մարգարիտը դուրս է թռչում: Մնում է զարմացած, թե էս Չախչախ թագավորն ինչքան հարուստ պետք է լինի, որ ոսկին, ակն ու մարգարիտը կոտով է չափում:

Անց է կենում մի քանի օր: Մի օր էս աղվեսը գալիս է թագավորի մոտ խնամախոս, թե՝ Չախչախ թագավորը պետք է ամուսնանա, քու աղջիկն ուզում է:

Թագավորն ուրախանում, աշխարհքով մին է լինում:

— Դե գնացեք, ասում է, շուտ արեք, հարսանիքի պատրաստություն տեսեք:

Թագավորի պալատում իրար են անցնում, հարսանիքի պատրաստություն են տեսնում, իսկ աղվեսը ջաղացն է վազում:

Վազում է ջաղացպանին աչքալուս տալի, թե՝
հապա թագավորի աղջիկը քեզ համար ուզել եմ: Պատրաստ կաց, որ գնանք հարսանիք անենք:

— Վա՜յ, քու տունը քանդվի, այ աղվես, էդ ի՞նչ ես արել,— ասում է վախեցած ջաղացպանը:— Ես ով, թագավորի աղջիկը ով: Ոչ ապրուստ ունեմ, ոչ տուն ու տեղ, ոչ մի ձեռք շոր... հիմի ես ի՞նչ անեմ..

— Դու մի վախենա, ես ամեն բան կանեմ, հանգստացնում է աղվեսն ու ետ վազում թագավորի մոտ:

Վազելով ընկնում է պալատը. Հայ-հարա՜յ, Չախչախ

թագավորը մեծ Գանգեսով գալիս էր, որ պսակվի: Ճամփին թշնամի զորքերը հանկարծ վրա տվին, մարդկանց կոտորեցին, ամեն բան տարան: Ինքը ազատվեց փախավ: Ջրում մի ջաղաց կա, եկել է մեջը մտել: Ինձ ուղարկեց, որ գամ իմաց անեմ, շոր տանեմ, գա պսակվի շուտով գնա իր թշնամիներից վրեժն առնի:

Թագավորը իսկույն ամեն բան պատրաստում է, տալիս աղվեսին, հետն էլ շատ ձիավորներ է ղնում, որ պատվով ու փառքով իր փեսին պալատ բերեն:

Գալիս են հանդեսով ջաղացի դռանը կանգնում: Ջաղացպանի քուրքը հանում, թագավորի շորերը հագցնում, նստեցնում են նժույգ ձիուն: Շրջապատված մեծամեծներով, առջևից ձիավորներ, ետևից ձիավորներ, էսպես հանդեսով բերում են թագավորի պալատը: Իր օրում պալատ չտեսած ջաղացպա՛ն, շշկլված, բերանը բաց մին չորս կողմն է նայում, մին հագի շորերին է նայում, խլշկոտում ու՝ զարմանում:

— Էս ինչու չտեսի նման դես ու դեն է նայում, աղվես ախպեր,— հարցնում է թագավորը:— Կարծես տուն չլինի տեսած, շոր չլինի հագած:

— Չէ, դրանից չի,— պատասխանում է աղվեսը:— Նայում է ու համեմատում իր ունեցածի հետ, թե իր ունեցածը որտե՛ղ, էս որտեղ...

Նստում են ճաշի: Տեսակ տեսակ կերակուրներ են բերում: Ջաղացպանը չի իմանում՝ որին ձեռք տա կամ ինչպես ուտի:

— Ինչո՞ւ չի ուտում, աղվես ախպեր,— հարցնում է թագավորը:

— Գալու ժամանակ ճամփին որ կողոպտվեցին, նրա համար միտք է անում: Չեք կարող երևակայել, տեր թագավոր, թե ինչքան բան տարան և վերջապես ինչ անպատվություն էր էդ մեր թագավորի համար: Ի՞նչպես հաց ուտի,— պատասխանում է աղվեսը հառաչանքով:

— Բան չկա, դարդ մի անի, սիրելի փեսա, աշխարհք է, էդպես էլ կպատահի,— խնդրում է թագավորը:— Այժմ հարսանիք է, ուրախանանք, քեֆ անենք:

Ու քեֆ են անում, ուտում, խմում, ածում, պար գալի, յոթն օր, յոթ գիշեր հարսանիք անում: Աղվեսն էլ դառնում է քավոր:

Հարսանիքից հետո թագավորը իր աղջկանը մեծ բաժինք է տալի ու հանդեսով ճամփա դնում Չախչախ թագավորի հետ:

— Կացե՛ք, ես առաջ գնամ տունը պատրաստեմ, դուք իմ ետևից եկեք,— ասում է քավոր աղվեսը ու վազ տալի:

Վազ է տալի վազ, տեսնում է մի դաշտում մեծ նախիր է արածում:

— Էս ո՞ւմ նախիրն է:

Ասում են.

— Շահ-Մարինը:

— Դա, Շահ-Մարի անունը էլ չտաք, որ թագավորը նրա

վրա բարկացել է, զորքով իմ ետևից գալիս է. ով նրա անունը տվավ՝ գլուխը կտրել կտա: Որ հարցնի թե ումն է, ասեք Չախչախ թագավորինը, թե չէ՝ վայն եկել է ձեզ տարել:

Վազ է տալի վազ, տեսնում է ոչխարի հոտը սարերը բռնել է:

— Էս ո՞ւմն է:

— Շահ-Մարինը:

Հովիվներին էլ նույնն է ասում:

Վազ է տալի վազ, տեսնում է ընդարձակ արտեր, հնձվորները միջին հնձում են:

— Էս ո՞ւմ արտերն են:

— Շահ–Մարինը:

Հնձվորներին էլ նույնն է պատվիրում:

Վազ է տալի վազ, տեսնում է անվերջ խոտհարքներ:

— Էս ո՞ւմն են:

— Շահ-Մարինը:

Խոտ հարողներին էլ նույնն է ասում: Հասնում է Շահ-Մարի պալատին:

— Շահ-Մար, ա Շահ-Մա՛ր,— գոռում է հեռվից վազելով: Քու տունը չքանդվի, միամիտ նստել ես:

Թագավորը քեզ վրա բարկացել է, մեծ զորքով գալիս է, որ քեզ սպանի, տուն ու տեղդ քանդի, տակն ու վրա անի, ունեցած-չունեցածդ էլ թագավորական գրի: Մի անգամ քեզ մոտ մի վառիկ եմ կերել, էն աղուհացը չեմ մոռացել: Վազեցի, եկա, որ քեզ իմացնեմ: Շուտ արա, գլխիդ ճարը տես, քանի չի եկել:

— Ի՞նչ անեմ, ո՞ւր գնամ,— հարցնում է սարսափած Շահ–Մարը ու տեսնում է, որ ճշմարիտ, հեռվից փոշի բարձրացնելով գալիս է թագավորը:

— Փախի՛, շուտով ձի նստի ու փախի, էս երկրից կորի, էլ ետ չնայես:

Շահ-Մարը իսկույն նստում է իր լավ ձին ու փախչում էդ երկրից:

Աղվեսի ետևից գալիս են հարսանքավորները: Գալիս են զուռնով, թմբուկով, երգով, զորքով հրացան արձակելով ու աղմուկով:

Գալիս են Չախչախ թագավորն ու իր կինը ոսկեզօծ կառքի մեջ, նրանց առջևից ու ետևից՝ անհամար ձիավորներ:

Հասնում են մի դաշտի: Տեսնում են մեծ նախիր է արածում:

— Էս ո՞ւմ նախիրն է,— հարցնում են ձիավորները:

— Չախչախ թագավորինը,— պատասխանում են նախրապանները:

Անց են կենում: Հասնում են սարերին: Տեսնում են ոչխարի սպիտակ հոտը սարերը բռնել է:

— Էս ո՞ւմն է,— հարցնում են ձիավորները:

— Չախչախ թագավորինը,— պատասխանում են հովիվները:

Անց են կենում: Հասնում են ընդարձակ արտերի:

— Էս ո՞ւմ արտերն են:

— Չախչախ թագավորինը:

Հասնում են խոտհարքներին:

— Էս ո՞ւմն են:

— Չախչախ թագավորինը:

Ամենքը մնացել են զարմացած, Չախչախ թագավորն ինքն էլ քիչ է մնում խելքը թռցնի:

Էսպեսով Աղվեսի ետնից գալիս են, հասնում Շահ-Մարի պալատներին:

Քավոր աղվեսն էնտեղ արդեն տեր է դառել, կարգադրություններ է անում: Ընդունում է խնամիներին ու նորից սկսում են քեֆը:

Յոթ օր, յոթ գիշեր էլ էստեղ են քեֆ անում ու խնամիները վերադառնում են իրենց տեղը:

Չախչախ թագավորը, իր կինն ու քավոր Աղվեսը ապրում են Շահ-Մարի պալատներում: Իսկ թագավորից վախեցած Շահ-մարը մինչև էսօր էլ դեռ գնում է:

ՃԱՄՓՈՐԴՆԵՐ

Աքլորը մի օր կտուրը բարձրացավ, որ աշխարհք տեսնի: Վիզը ձգեց, երկարացրեց, բայց բան չտեսավ, դիմացի սարը խանգարում էր:

— Քուչի ախպեր, կարելի է դու գիտենաս, էն սարի ետևն ի՞նչ կա,— հարցրեց վերևից բակում պառկած շանը:

— Ես էլ չգիտեմ,— պատասխանեց Քուչին:

— Հապա մինչև ե՞րբ պետք է այսպես մնանք, արի՛ գնանք մի տեսնենք՝ աշխարհումս ինչ կա, ինչ չկա:

Շունն էլ ձամաձայնեց: Խոսքը մին արին ու փախան:

Գնացին, գնացին, իրիկունը հասան մի անտառ: Գիշերը մնացին էնտեղ: Շունը պառկեց մի թփի տակ, իսկ աքլորը բարձրացավ մոտիկ ծառին, քնեցին:

Լուսադեմին աքլորը կանչեց՝ ծուղրուղո՜ւ:

Մի աղվես լսեց աքլորի ձայնը:

— Վա՜հ, սա ո՞րտեղից դուրս եկավ, ա՜յ լավ նախաձաշիկ,— մտածեց աղվեսն ու վազեց:

— Բարի՛ լույս, սանամեր աքլոր: Ի՞նչ ես շինում էս կողմերը:

— Գնում ենք աշխարհ տեսնելու,— պատասխանեց աքլորը:

— Օ՜, ինչ լավ բան եք մտածել,— խոսեց աղվեսը:— Քանի ժամանակ է ես էլ մի կարգին ընկերի եմ ման գալի: Ինչ լավ էր՝ պատահեցինք: Դե՜, ցած արի, որ չուշանանք:

— Ես համաձայն եմ,— ասավ աքլորը.— տես, թե ընկերս էլ համաձայն է, ցած գամ՝ գնանք:

— Ո՞րտեղ է ընկերդ:

— Էն թփի տակին:

«Սրա ընկերն էլ երևի իր նման մի աքլոր կլինի, էս էլ իմ ճաշը»,— մտածեց աղվեսը ու վազեց թփի կողմը: Հանկարծ որ շունը դուրս եկավ, աղվեսը, պո՜ւկ, փախավ, ո՜նց փախավ:

— Կա՜ց, աղվե՜ս ախպեր, մի՜ վռազի, մենք էլ ենք գալի, էդպես ընկեր չի լինի,— ծառի գլխից ձայն էր տալիս աքլորը:

ՏԵՐՆ ՈՒ ԾԱՌԱՆ

Աստված բարի տա ձեզ էլ, երկու ախպորն էլ: Լինում են, չեն լինում երկու աղքատ ախպեր են լինում: Մտածում են ինչ անեն, ոնց անեն, որ իրենց տունը պահեն: Վճռում են՝ փոքրը տանը մնա, մեծը գնա մի ունևորի ծառա մտնի, ռոճիկ ստանա, ղրկի տուն:

Էսպես էլ մեծը վեր է կենում գնում մի հարուստի մոտ ծառա մտնում:

Ժամանակ նշանակում են մինչև մին էլ կկվի ձեն ածելը: Էս ոարուստը մի չլսված պայման է դնում ծառային: Ասում է՝ «մինչև էն ժամանակը թե դու բարկանաս, դու հազար մանեթի տուգանք տաս ինձ, թե ես բարկանամ՝ ես տամ»:

— Ես որ հազար մանեթ չունեմ ո՞րտեղից տամ,— ասում է ծառան:

— Բան չկա, փոխարենը ինձ տասը տարի ձրի կծառայես:

Տղեն մին վախենում է էս տարօրինակ պայմանից, մին էլ մտածում է, թե ինչ պետք է պատահի: Ինչ ուզում են անեն, ես եմ ու չեմ բարկանալ, պրծանք գնաց: Իսկ թե իրենք կբարկանան, թող իրենք էլ տուժեն իրենց դրած պայմանով:

Ասում է լավ. համաձայնում է:

Պայմանը կապում են ու մտնում ծառայության:

Մյուս օրը վաղ տերը վեր է կացնում ծառային ղրկում է արտը հնձելու:

— Գնա՛,— ասում է,— քանի լուս-լուս է հնձի, որ մութն ընկնի կգաս:

Ծառան գնում է ամբողջ օրը հնձում, իրիկունը հոգնած գալիս է տուն: Տերը հարցնում է.

— Էդ ո՞ւր եկար:

— Դե արևը մեր մտավ, ես էլ եկա:

— Չէ՛, էդպես չի: Ես քեզ ասել եմ՝ քանի լուս է, պետք է հնձես: Արևը մեր մտավ, բայց տես, նրա ախպեր լուսնյակը դուրս եկավ: Սա ինչ պակաս է լուս տալի...

— Էդ ո՞նց կլինի...— զարմանում է ծառան:

— Հը՞, դու արդեն բարկանո՞ւմ ես,— հարցնում է տերը:

— Չէ՛, չեմ բարկանում..., ես միայն ասում էի՝ հոգնած եմ... Մի քիչ հանգստանամ...— կզկզում է վախեցած ծառան ու գնում է նորից հնձելու:

Հնձում է, հնձում, մինչև լուսնյակը մեր է մտնում: Բայց լուսնյակը մեր է մտնում թե չէ, դարձյալ արեգակն է դուրս գալի: Ծառան ուժասպառ արտում վեր է ընկնում:

— Վա՛յ, քու արտն էլ հարամ ըլի, քու հացն էլ, քու տված ռոճիկն էլ...— սկսում է հայհոյել հուսահատված:

— Հը՞, դու բարկանո՞ւմ ես,— կանգնում է գլխին հարուստը. Երբ որ բարկանում ես, մեր պայմանը պայման է: Էլ չասես թե քեզ հետ առանց իրավունքի վարվեցին:

Ու պայմանի ուժով ստիպում է, ծառան կամ հազար մանեթ տուգանք տա, կամ տասը տարի ձրի ծառայի:

Ծառան մնում է կրակի մեջ: Հազար մանեթ չուներ, թե տար հոգին ազատ աներ, տասը տարի էլ էս տեսակ մարդու ծառայելն անկարելի բան էր: Միտք է անում, միտք, վերջը հազար մանեթի պարտամուրհակ է տալիս հարուստին, դառն ու դատարկ վերադառնում տուն:

— Հը՛, ի՞նչ արիր,— հարցնում է փոքր ախպերը: Ու

մեծ ախպերը նստում է, գլխին էկածը պատմում, ինչպես որ պատահել էր:

— Բան չկա,— ասում է փոքրը,— դարդ մի անի. դու տանը կաց, հիմի էլ ես գնամ:

Վեր է կենում հիմի էլ փոքր ախպերն է գնում ծառա մտնում է՛ լ նույն հարուստի մոտ:

Հարուստը դարձյալ ժամանակը որոշում է մինչև գարնան կկվի ձեն ածելը, ու պայման է դնում, որ եթե ծառան բարկանա, հազար մանեթ տուգանք տա կամ տասը տարի ձրի ծառայի, թե ինքը բարկանա, հազար մանեթ տա ու էն օրից էլ ծառան ազատ է:

— Չէ , էդ քիչ է,— հակառակում է տղեն:— Թե դու

բարկանաս, դու ինձ երկու ռազար մանեթ տաս, թե ես բարկանամ, ես քեզ երկու ռազար մանեթ տամ կամ քսան տարի ձրի ծառայեմ:

— Լա՛վ,— ուրախանում է հարուստը: — Պայմանը կապում են ու այժմ էլ փոքր ախպերն է մտնում ծառայության:

Առավոտը լուսանում է, էս ծառան վեր չի կենում տեղից: Տերը դուրս է գնում, տուն է գալի, էս ծառան դեռ քնած է:

— Ա՛յ տղա, դե վեր կաց, է՛, օրը ճաշ դառավ:

— Հը՞, բարկանո՞ւմ ես դու...— գլուխը վեր է քաշում ծառան:

— Չէ՛, չեմ բարկանում,— վախեցած պատասխանում է տերը, միայն ասում եմ՝ պետք է արտը գնանք հնձելու:

— Հա, որ էդ ես ասում ոչինչ, կգնանք, ինչ ես վռազում:

Վերջապես ծառան վեր է կենում, սկսում է տրեխները հագնել: Տերը դուրս է գնում, ներս է գալի, սա դեռ տրեխները հագնում է:

— Ա՛յ տղա, դե շուտ արա, հագի, է՛...

— Հը՛, հո չե՞ս բարկանում:

— Չէ՛, ո՞վ է բարկանում, ես միայն ուզում էի ասել՝ ուշանում ենք...

— Լա՛, էդ ուրիշ բան է. թե չէ՝ պայմանը պայման է:

Մինչև ծառան տրեխները հագնում է, մինչև արտն են գնում, ճաշ է դառնում։

— Էլ ինչ հնձելու ժամանակ է,— ասում է ծառան,— տեսնում ես ամենքն էլ ճաշում են, մենք էլ մեր ճաշն ուտենք՝ հետո։

Նստում են, ճաշն ուտում։ Ճաշից հետո էլ ասում է՝ «Մշակ մարդիկ ենք, պետք է մի քիչ քնենք, հանգստանանք, թե չէ՞»։ Գլուխը կոխում է խոտերի մեջն ու քնում մինչև իրիկուն։

— Տո՛, վեր կաց է, մթնեց է՛, ուրիշները հնձեցին, մեր արտը մնաց... Վա՜յ քու դեսը դրկողի վիզը կոտրվի, վա՜յ քու կերածն էլ հարամ ըլի, քու արածն էլ... էս ինչ կրակի մեջ ընկա...— սկսում է գոռգոռալ հուսահատված տերը։

— Հը՞, չըլինի՞ թե բարկանում ես,— գլուխը վեր է քաշում ծառան։

— Չէ՛, ո՞վ է բարկանում, ես էն էի ասում, թե՝ մթնել է, տուն գնալու ժամանակն է։

— Հա՛, էդ ուրիշ բան է, գնանք, թե չէ հո մեր պայմանը գիտես, վա՜յ նրա մեղքը, ով բարկացավ։

Գալիս են տուն։ Տեսնում են հյուր է եկել։ Ծառային ղրկում են թե՝ գնա ոչխար մորթի։

— Ո՞րը։

— Որը կպատահի։

Ծառան գնում է։ Մի քիչ հետո լուր են բերում

հարուստին, թե՝ հասի, որ քու ծառան ամբողջ հոտդ կոտորեց: Էս ոարուստը վազում է, տեսնում է՝ ճիշտ որ, ինչ ոչխար ունի, բոլորը ծառան մորթել է: Գլխին տալիս է, գոռում.

— Էս ի՞նչ ես արել, ա՛յ անաստված, քու տունը քանդվի, ինչ իմ տունը քանդեցիր...

— Դու ասիր՝ «ո՛ր ոչխարը պատահի , մորթի», ես էլ եկա, բոլորը պատահեցին բոլորը մորթեցի, ուրիշ ավել պակաս ի՞նչ եմ արել,— հանգիստ պատասխանում է ծառան,— բայց կարծեմ դու բարկանում ես...

— Չէ՛, բարկանում չեմ, միայն ափսոս գալիս է, որ էսքան ապրանքս փչացավ...

— Լա՛վ, որ բարկանում չես, է՛լ կծառայեմ:

Հարուստը մտածում է, ինչ անի, ոնց անի, որ էս ծառայիցն ազատվի: Պայման է կապել մինչև մին էլ գարնան՝ կկվի ձեն ածելը, այնինչ դեռ նոր են մտել ձմեռը, դեռ ո՞րտեղ են գարունն ու կկուն...

Միտք է անում, միտք, մի հնար է մտածում: Կնոջը տանում է անտառում մի ծառի վեր հանում ու պատվիրում, որ «կուկու» կանչի: Ինքը գալիս է ծառային տանում թե՝ արի գնանք անտառը որսի: Հենց անտառն են մտնում թե չէ, կինը ծառի վրայից կանչում է. «կուկո՛ւ, կուկո՛ւ...»

— Ըհը՛, աչքդ լուս,— ասում է ծառային տերը.— կկուն կանչեց, ժամանակդ լրացավ...

Տղեն զլխի է ընկնում տիրոջ խորամանկությունը։

— Չէ՛, ասում է, ով է լսել, որ տարու էս եղանակին, ձմեռվա կեսին, կկուն ձեն ածի, որ սա ձեն է ածում։ Ես պետք է էս կկվին սպանեմ, սա ինչ կկու է...

Ասում է ու հրացանը քաշում դեպի ծառը։ Տերը գոռալով ընկնում է առաջը.

— Վա՜յ, չզարկես, աստծու սիրուն... սև լինի քու պատահելու օրը, էս ինչ փորձանք էր, որ ես ընկա մեջը...

— Հը՞, չլինի՞ թե բարկանում ես...

— Հա՜, ախպեր, հերիք էր. արի՝ ինչ տուգանք տալու եմ տամ, քեզանից ազատվեմ։ Իմ դրած պայմանն է, ես էլ պետք է տուժեմ։ Հիմի նոր եմ հասկանում էն հին խոսքը՝ թե «մարդ ինչ անի, իրեն կանի»։

Էսպես հարուստը խելոքանում է, իսկ փոքր ախպերը մեծ ախպոր տված պարտքի թուղթը պատռում է, հազար մանեթ տուգանքն էլ առնում ու վերադառնում տուն։

ՈՍԿՈՒ ԿԱՐԱՍԸ

Ես մեր ծերերից եմ լսել, մեր ծերերը իրենց պապերից, նրանց պապերն էլ իրենց մեծերից, թե մի ժամանակ մի աղքատ հողագործ է լինում, ունենում է մի օրավար հող ու մի լուծ եզ:

Ձմեռը էս աղքատ հողագործի եզները սատկում են: Գարունքը, վար ու ցանքի ժամանակը որ գալիս է, եզ չի ունենում թե վարի, հողը վարձով տալիս է իր հարևանին:

Էս հարևանը վարելու ժամանակ խոփը մի տեղ դեմ է ընկնում, դուրս է գալի մի կարաս, մեջը լիքը ոսկի: Եզները լծած թողնում է, վազում է գյուղը հողատիրոջ մոտ:

— Հեյ, աչքդ լույս,— ասում է,— քու հողումը մի կարաս ոսկի դուրս եկավ, արի տար:

— Չէ՛, ախպե՛ր, էդ իմը չի,— պատասխանում է հողատերը:— Հողի վարձը դու տվել ես, դու վարում ես, էն հողումն ինչ էլ դուրս գա, քունն է. ոսկի է դուրս եկել, թող ոսկի լինի, էլի քունն է:

Սկսում են վիճել, սա ասում է՝ քունն է, նա, թե չէ՝

քունը: Վեճը տաքանում է, իրար ծեծում են: Գնում են թագավորի մոտ զանգատ:

Թագավորը մի կարաս ոսկու անունը լսում է թե չէ՝ աչքերը չորս է բաց անում: Ասում է.

— Ոչ քունն է, ոչ դրանը, իմ հողումը կարասով ոսկի է դուրս եկել՝ իմն է:

Իր մարդկանցով գնում է, որ հանի բերի: Գնում է կարասի բերանը բաց անել է տալի, տեսնում՝ ի՞նչ ոսկի, կարասը լիքը օձ... Զարհուրած ու կատաղած ետ է գալի: հրամայում է պատժեն անգետ ռանչպարներին, որ համարձակվել են իրեն խաբել:

— Չէ՛, թագավորն ապրած կենա,— գոռում են խեղճերը,— մեզ ինչո՞ւ ես սպանում, լավ չես տեսել, օձ չկա էնտեղ, ոսկի է, ոսկի...

Թագավորը նոր մարդիկ է ուղարկում, որ գնան ստուգեն: Մարդիկ գնում են, ետ գալի, թե՝ ճշմարիտ, ոսկի է:

— Վա՜հ,— զարմանում է թագավորը: Ասում է.— երևի լավ չտեսա, կամ տեսածս էն կարասը չէր: Վեր է կենում մին էլ գնում:

Կարասը բաց է անում, դարձյալ մեջը լիքը օձ:

Էս ի՜նչ հրաշք է, ի՜նչ միտք ունի, չեն հասկանում:

Թագավորը հրամայում է, հավաքում է իր երկրի իմաստուններին:

— Բացատրեցեք,— ասում է,— ո՜վ իմաստուններ, ի՞նչ հրաշք է սա: Էս հողագործներն իրենց հողում կարասով ոսկի են գտել: Ես եմ գնում՝ կարասը լիքն օձ է դառնում, սրանք են գնում՝ ոսկի: Էս ի՞նչ կնշանակի:

— Դրա բացատրությունն էս է, թագավոր, եթե չես բարկանալ,— ասում են իմաստունները:— Կարասով ոսկին աղքատ հողագործներին պարգև է դրկած իրենց ազնվության ու արդար աշխատանքի համար: Երբ որ նրանք են գնում, իրենց արդար վարձին են գնում ու միշտ էլ ոսկի գտնում, իսկ երբ որ դու ես գնում, գնում ես ուրիշի բախտը հափշտակես, նրա համար էլ ոսկու տեղ օձ ես գտնում:

Թագավորը ցնցվում է. խոսք չի գտնում պատասխանելու:

— Լա՛վ,— ասում է,— դե հիմի էն որոշեցեք, թե էդ երկուսից ո՞րին է պատկանում գտած ոսկին:

— Իհարկե հողատիրոջը,— ձայն է տալի վարող գյուղացին:

— Չէ, վարողինն է,— մեջ է մտնում հողատերը: Ու նորից սկսում են կռվել:

— Լա՛վ, լա՛վ, կացե՛ք,— կանգնեցնում են իմաստունները,— ի՞նչ ունեք դուք՝ տղա կամ աղջիկ:

Դուրս է գալի, որ մեկը մի տղա ունի, մյուսը մի աղջիկ: Իմաստունները վճռում են, որ սրանք գնան իրենց աղջիկն ու տղեն իրար հետ պսակեն, էն գտած ոսկին էլ տան նրանց: Էստեղ համաձայնում են բարի մարդիկը, ուրախանում են, ու կռիվը վերջանում է, սկսում է հարսանիքը: Օխտն օր, օխտը գիշեր հարսանիք են անում, կարասով ոսկին էլ, որ պարզն էր դրկած իրենց ազնվության ու արդար աշխատանքի համար, տալիս են իրենց զավակներին:

Բարին էստեղ, չարն էն ազահ թագավորի մոտ:

ԽՈՍՈՂ ՁՈՒԿԸ

1

Լինում է, չի լինում մի աղքատ մարդ: Էս աղքատ մարդը գնում է դառնում մի ձկնորսի շալակատար: Օրական մի քանի ձուկ է աշխատում, տուն բերում, նրանով ապրում են ինքն ու կինը:

Մի անգամ էլ ձկնորսը մի սիրուն ձուկ է բռնում, տալիս իր շալակատարին, որ պահի, ինքն էլ ետ ջուրն է մտնում: Էս շալակատարը գետափին նստած՝ նայում է նայում էն սիրուն ձկանն ու միտք անում.

— Տեր աստված,— ասում է,— սա էլ, որ մեզ նման շունչ կենդանի է, դու ասա՝ սա՞ էլ մեզ նման ծնող ունի, ընկեր ունի, աշխարհիքից բան է հասկանում, ուրախություն կամ ցավ է զգում՝ թե չէ...

Հենց էս մտածելու ժամանակ ձուկը լեզու է առնում.

— Լսի ,— ասում է,— մարդ-ախպեր: Ընկերներիս հետ ես խաղում էի գետի ալիքների մեջ: Ուրախությունից ինձ մոռացա ու անզգույշ ընկա ձկնորսի ուռկանը: Հիմի, ով գիտի, իմ ծնողն ինձ որոնում է ու լաց է լինում, հիմի ընկերներս տխրել են: Ես էլ, տեսնում ես, ինչպես եմ տանջվում, շունչս կտրում է ջրից դուրս: Ուզում եմ էլ ետ գնամ ապրեմ ու խաղ անեմ նրանց հետ էն պաղ ու պարզ ջրերում: Էնպես եմ ուզում, էնպես եմ ուզո՜ւմ... Եկ խեղճ արի, ազատ արա ինձ, բա՜ց թող, բա՜ց թող գնամ...

Էսպես էր ասում ցա՜ծ, շատ ցա՜ծ ձենով, ցամաքած բերանը թաց ու խուփ անելով:

Էս շալակատարի մեղքը գալիս է, առնում է ետ գցում գետը:

— Գնա, սիրուն ձկնիկ, թող լաց չլինի քո ծնողը: Թող չտխրեն քո ընկերները: Գնա ապրի ու խաղ արա նրանց հետ:

Ձկնորսը սաստիկ բարկանում է շալակատարի վրա:

— Տո՛ ախմախ,— ասում է,— էստեղ ջրի մեջ թրջվելով ձուկն եմ բռնում, դու իմ աշխատանքն առնում ես էլ ետ ջուրը գցո՞ւմ... Դե գնա կորի, էլ իմ աչքին չերևաս, էլ իմ շալակատարը չես էս օրից, գնա սովից մեռի:

Ձեռի տոպրակն էլ խլում է ու ճամփու դնում:

— Հիմի ես ո՞ւր գնամ, ի՞նչ անեմ, ո՞նց ապրեմ...— տարակուսած մտածելով դառն ու դատարկ վերադառնում է աղքատը դեպի տուն:

2

Էս տխուր մտածմունքի ժամանակ ճամփին դեմը դուրս է գալի մի մարդակերպ Հրեշ՝ առաջը մի գեղեցիկ կով։

— Բարի օր, ախպերացու, էդ ի՞նչ ես մոլորել, ի՞նչ ես միտք անում,— հարցնում է Հրեշը։

Աղքատը պատմում է իր գլխին եկածը, թե ինչպես հիմի մնացել է անգործ, անճար ու չի իմանում, թե ոնց պետք է ապրեն ինքն ու իր կինը։

«Լսի՛, բարեկամ,—՝ ասում ՛է Հրեշը։— Էս կաթնատու կովը ես քեզ կտամ երեք տարվան ժամանակով։ Ամեն օր էնքան կաթը տա, որ քու կնիկդ ու դու կուշտ-կուշտ ուտեք, ապրեք։ Երեք տարին լրացավ թե չէ, հենց էն գիշերը կգամ ձեզ հարց կտամ։ Թե հարցիս պատասխանեցիք՝ իմ կովը ձեզ լինի, թե չէ՝ երկուսդ էլ իմն եք, տանելու եմ, ինչ ուզեմ կանեմ։ Համաձայն ե՞ս։

— Մի բան՝ որ առանց էն էլ սովից մեռնելու ենք,— մտածում է աղքատը,— կովը կտանեմ, էս երեք տարին կապրենք, մինչև երեք տարվա լրանալն էլ աստված ողորմած է։ Մի տեղից մի դուռ կբացվի, կամ զուցե հենց պատասխանը տալիս ենք, ով գիտի...

— Համաձայն եմ,— ասում է, ու կովն առաջն անում, տանում տուն։

3

Երեք տարի կթում են, լիուլի ուտում, ապրում: Չեն էլ նկատում, թե ինչպես անցավ երեք տարին, և ահա հասնում է նշանակած օրը, որ Հրեշն էն գիշեր պիտի գա:

Մարդ ու կնիկ վերջալույսի տակ տխուր նստում են դռանը ու միտք են անում, թե ինչ պատասխան տան հրեշին կամ ով գիտի՝ ինչ կհարցնի նա. ո՞վ կիմանա Հրեշի միտքը:

— Ա՜յ թե ինչ դուրս կգա, երբ մարդ Հրեշի հետ գործ բռնի... հրեշի հետ հաշիվ ունենա... հրեշից լավություն ընդունի...— հառաչելով զղջում էին մարդ ու կին, բայց անցկացածն անց էր կացել, էլ հնար չկար: Իսկ զարհուրելի գիշերն արդեն վրա էր հասնում:

Էս ժամանակ նրանց մոտենում է մի անծանոթ գեղեցիկ երիտասարդ:

— Բարի իրիկուն,— ասում է,— ճամփորդ մարդ եմ. մութն ընկնում է, ես էլ հոգնած եմ, հյուր չե՞ք ընդունի ձեր տանն էս գիշեր:

— Ընչի չէ, ճամփորդ ախպեր, հյուրն աստծունն է: Բայց մեզ մոտ վտանգավոր է էս գիշեր: Մենք հրեշից մի կով ենք առել էն պայմանով, որ երեք տարի կթենք, ուտենք, երեք տարուց ետը գա մեզ հարց տա, թե պատասխանենք, կովը մեզ լինի, թե չէ՝ իր զերին ենք: Հիմի ժամանակը լրացել է, էս գիշեր պիտի գա, մենք էլ չգիտենք, թե ինչ պատասխան տանք: Հիմի մեզ ինչ անի մենք ենք մեղավոր, վայ թե քեզ էլ վնասի:

— Բան չկա, որտեղ դուք՝ էնտեղ էլ ես, պատասխանում է օտարականը:

Համաձայնում են. հյուրը մնում է:

Մին էլ կեսգիշերին դուռը դղրդում է: Ո՞վ է.— Հրեշը: Եկել եմ որ եկել եմ, դե պատասխանս տվեք: — Ինչ պատասխան, սարսափից մարդ ու կնկա լեզուն կապվում է, մնում են տեղները քարացած:

— Մի՛ վախենաք, ես ձեր տեղակ սրա պատասխանը կտամ,— ասում է երիտասարդ հյուրը ու գնում է դեպի դուռը:

— Եկել ե՛մ,— դռան ետևից ձայն է տալիս Հրեշը:

— Ես էլ եմ եկե՛լ,— պատասխանում է ներսից հյուրը:

— Որտեղի՞ց ես եկել:

— Ծովի էն ափից:

— Ընչո՞վ ես եկել:

— Կաղ մոծակը թամքել եմ, վրեն նստել եմ, եկել:

— Ուրեմն ծովը պստիկ է եղել:

— Ի՛նչ պստիկ, արծիվը չի կարող մի ափից մյուսը թռչի:

— Ուրեմն արծիվը ճուտ է եղել:

— Ի՞նչ ճուտ, թևերի շվաքը քաղաք է ծածկում:

— Ուրեմն քաղաքը շատ է փոքրիկ:

— Ի՜նչ փոքրիկ, նապաստակը մի ծայրից մյուսը չի հասնի:

— Ուրեմն նապաստակը ձագ է:

— Ի՜նչ ձագ. մորթին մի մարդու քուրք դուրս կգա, գլխարկն ու տրեխն էլ ավել:

— Ուրեմն մարդը թզուկ է:

— Ի՜նչ թզուկ, ծնկան ծերին աքլորը ծուղրուղու կանչի, ձենը ականջը չի հասնի:

— Ուրեմն խուլ է:

— Ի՜նչ խուլ, սարում որ պախրեն խոտ պոկի, նա կլսի: Հրեշը մնում է կապված, մոլորված. զգում է, որ ներսը մի ուժ կա իմաստուն, համարձակ, անհաղթելի, էլ չի իմանում ինչ ասի, սուս ու փուս քաշվում, կորչում է գիշերվա խավարի մեջ:

Սրանք նոր մեռած տեղներիցը ետ են գալի, ուրախանում աշխարհքովը մին են լինում: Հետն էլ բացվում է բարի լույսը, և երիտասարդ հյուրը վեր է կենում, մնաք բարով է ասում, որ գնա իր ճանապարհը:

— Չենք թողնի, որ չենք թողնի,— առաջը կտրում են

մարդ ու կին.— դու որ փրկեցիր մեր կյանքը, ասա՛, ինչով ետ վճարենք քո լավությունը...

— Չէ՛, անկարելի բան է, պետք է գնամ իմ ճանապարհը:

— Դե գոնե անունդ ասա, եթե լավությունդ կորչի ու չկարողանանք ետ վճարե՛լ, գոնե իմանանք, թե ում ենք օրհնելու...

— Լավություն արա ու թեկուզ ջուրը գցի, չի կորչի: Ես հենց էն Խոսող ձուկն եմ, որի կյանքը դու խնայեցիր...— ասում է անծանոթն ու չքանում ապշած մարդ ու կնկա աչքերից:

ՍՈՒՏԱՍԱՆԸ

Լինում է, չի լինում մի թագավոր: Էս թագավորը իր երկրումը հայտնում է.

«Ով էնպես սուտ ասի, որ ես ասեմ՝ սուտ է, իմ թագավորության կեսը կտամ նրան»:

Գալիս է մի հովիվ: Ասում է.

— Թագավորն ապրած կենա, իմ հերը մի դագանակ ուներ, որ էստեղից մեկնում էր, երկնքում աստղերը խառնում:

— Կպատահի՛,— պատասխանում է թագավորը:— Իմ պապն էլ մի չիբուխ ուներ, մի ծերը բերանին էր դնում, մյուս ծերը մեկնում, արեգակիցը վառում:

Ստախոսը գլուխը քորելով դուրս է գնում:

Գալիս է մի դերձակ: Ասում է.

— Ներողությո՛ւն, թագավո՛ր, ես վաղ պիտի գայի, ուշացա: Երեկ շատ անձրև եկավ, կայծակները տրաքեցին, երկինքը պատռվեց, գնացել էի կարկատելու:

— Հա՛, լավ ես արել,— ասում է թագավորը,— բայց լավ չէիր կարկատել. էս առավոտ մի քիչ անձրև թափվեց:

Սա էլ է դուրս գնում:

Ներս է մտնում մի աղքատ գյուղացի, կոտը կռնատակին:

— Դո՞ւ ինչ ես ուզում, ա՛յ մարդ,— հարցնում է թագավորը:

— Ինձ մի կոտ ոսկի ես պարտ, եկել եմ տանեմ:

— Մի կոտ ոսկի՞,— զարմանում է թագավորը:— Սո՛ւտ ես ասում, ես քեզ ոսկի չեմ պարտ:

— Թե որ սուտ եմ ասում, թագավորությանդ կեսը տուր:

— Չէ՛, չէ՛, ճշմարիտ ես ասում,— խոսքը փոխում է թագավորը:

— Ճշմարիտ եմ ասում՝ մի կոտ ոսկին տուր:

ԿՌՆԱՏ ԱՂՋԻԿԸ

Ժամանակով լինում են, չեն լինում, մի քույր ու մի ախպեր են լինում: Քույրը էնքան սիրուն, էնքան շարմաղ է լինում, ինչպես լուսնի կտոր, անունն էլ Լուսիկ:

Ախպերը պսակվում է, կնիկ է բերում:

Սա տեսնում է, թե ինչպես ամենքը սիրում են Լուսիկին, ու նախանձը, օձի նման բույն է դնում սրտի մեջ: Սկսում է Լուսիկին բամբասել ու լացացնել ամեն օր, ամեն օր...

Ախպերը ամեն կերպ աշխատում է ուրախ պահի քրոջը: Մին տուն է գալիս՝ հետը ծաղիկ է բերում նրա համար, մյուս օրը միրգ, մի ուրիշ անգամ հագուստ:

Եվ Լուսիկը մնում է միշտ բարի, գեղեցիկ ու սիրված ամենքից:

Հարսը նախանձից քիչ է մնում տրաքի, մտածում է, ինչ անի, ոնց անի, որ մեջտեղից կորցնի Լուսիկին:

Մտածում է, մտածում է. ու մի օր էլ, երբ մարդը տանից դուրս է գնում, վեր է կենում, տան կահ-կարասին, աման-չամանը իրար գլխով տալի, ջարդում ու գնում ձեռները ծոցին դռանը կանգնում մինչև մարդու գալը:

Որ տեսնում է մարդը գալիս է, սկսում է լաց լինել:

— Ա՜յ,— ասում է.— էս էլ քո սիրած քույրը, տանը ինչ ունեինք-չունեինք՝ ջարդեց:

— Բան չկա, այ կնիկ, դրա համար ինչո՞ւ ես լաց լինում, էդ բոլորն էլ առնելու բաներ են: Աման է՝ կոտրեց, նորը կառնենք, բայց Լուսիկի սիրտը որ կոտրենք, հետո ի՞նչ անենք:

Կինը տեսնում է, որ էս մինը չեղավ: Մյուս անգամ, երբ մարդը դուրս է գնում, նրա սիրած ձին տանում է, քշում, կորցնում ու գալիս ձեռները ծոցին կտերը կանգնում, մինչև մարդը ետ է գալի:

— Ա՜յ,— ասում է,— էս էլ քո սիրած քույրը, քու էն լավ ձին դուրս է արել, կորցրել, մեզ էսպես տնաքանդ արել:

Մարդը ասում է.

— Բան չկա. ձի է, կորել է, կաշխատեմ մի ուրիշ ձի էլ կառնեմ, բայց հո չեմ կարող մի ուրիշ քույր առնել:

Չար կինը տեսնում է, որ էս անգամ էլ զուր անցկացավ, ավելի է կատաղում իրեն կրծում:

Մի գիշեր էլ քնած ժամանակը իր երեխին օրորոցումը մորթում է, արնոտ դանակը թաքուն դնում քնած Լուսիկի գրպանը:

Գիշերվա մի ժամանակը մազերը շաղ է տալի, երեսը պոկում, ճչում, ծղրտում.

— Վա՜յ, երեխես, երեխես...

Տանըցիք վեր են թռչում, տեսնում են երեխեն օրորոցում մորթած: Մնում են սարսափած, սասանած կանգնած: Էս ո՞վ կլինի, ո՞վ չի լինիլ...

Հարսն ասում է.

— Էլ ո՞վ պետք է լինի, էս տունը մեզանից բացի հո էլ ուրիշ մարդ չի մտել, ման գանք, ում գրպանում արնոտ դանակը գտնենք, նա կլինի:

Համաձայնում են: Ման են գալի, ու... արնոտ դանակը հանում են Լուսիկի գրպանից:

Մնում են քար կտրած, բայց էլ ի՞նչ...

— Է՛ս էլ քո սիրած քույրը,— ճչում է չար կինը ու երեսը պոկում,— երեխես, երեխես...

Առավոտը լուսի հետ աշխարհքով մին լուրը տարածվում է: Ժողովուրդը վրդովվում է, դատաստան է պահանջում, մայրը լալիս է, դատաստան է պահանջում, ու գեղեցիկ Լուսիկին քաշում են դատաստանի դուռը: Դատում են վճռում, կոները կտրում են ու էնպես, կոնատ տանում, հեռացնում, կորցնում են հեռո՜ւ, հեռո՜ւ անտառներում:

Էսպես կոնատ, մեն-մենակ թափառում է Լուսիկը անբնակ անտառներում: Շատ թափառելուց թփերն ու փշերը հագի շորերը տանում են, մնում է տկլոր: Մոծակներն ու մժեղները կծոտում են, ձեռ չի ունենում թե քշի, մտնում է մի ծառի փչակ:

Օրերից մի օր թագավորի տղեն էս անտառը որսի է

գալի: Որսի շները անտառում էս ու էն կողմն են ընկնում, մի ծառի շրջապատում ու սկսում են հաչել:

Թագավորի տղեն, իր հետի մարդիկը մտածում են, թե շները երևի գազանի հետքի վրա են ընկել կամ որջ են գտել, ու սկսում են շներին հիս անել:

— Հիս մի՛ անիլ ինձ վրա, թագավորի որդի,— ձեն է տալի աղջիկը ծառի փչակից,— ես մարդ եմ, գազան չեմ:

— Թե մարդ ես, դե դուրս արի:

— Չեմ կարող, մերկ եմ, ամաչում եմ:

Թագավորի տղեն ձիուց իջնում է, վերարկուն հանում տալիս իր մարդկանց, որ տանեն գցեն աղջկա վրա: Վերարկուն տանում են, գցում են աղջկա վրա. դուրս է գալիս մի սիրուն, մի աննման աղջիկ, որ ոչ ուտես, ոչ խմես, կանգնես ու մտիկ անես: Թագավորի տղեն հայիլ-մայիլ է մնում:

— Ո՞վ ես դուն, սիրուն աղջիկ, ի՞նչ ես շինում էս անտառում, ինչո՞ւ ես մտել ծառի փչակը...

— Ես մի էսպես աղջիկ եմ. աշխարհքումը մի ախպեր ունեմ, բայց ախպերն էլ է ինձ թողել, աշխարհքն էլ...

— Ախպերդ էլ է քեզ թողել, աշխարհքն էլ, բայց ես չեմ թողնիլ,— ասում է արքայորդին ու առնում է Լուսիկին տանում իրենց տունը:

Տանում է իրենց տունը, հորն ու մորը հայտնում, թե պետք է պսակվի նրա հետ:

— Թե սրա հետ կպսակվեմ, լավ, թե չէ հո՝ ինձ մի փորձանքի կտամ:

Հերն ու մերն ասում են.

— Ա՛յ որդի, աշխարհիքի աղջիկները հո վերջացել չեն. թագավորի աղջիկներ կան, նազիր-վեզիրների աղջիկներ կան, հարուստ, գեղեցիկ... էդ կոնատ, տկլոր, անտեր աղջիկն ո՞վ է, որ դու դրան ուզում ես:

— Չէ՛, որ չէ...

Հերն ու մերը ճարահատված իրենց քաղաքի խելոք մարդկանց հավաքում են, մի խորհուրդ են հարցնում, թե ինչպես անեն, իրենց որդուն էդ կոնատ աղջկա հետ պսակեն, թե չէ:

Խելոք մարդիկ ասում են.

— Մարդ ու կնկա բախտը որ կա՝ սրտիցն է: Ձեր տղի բախտն էլ, երևի, էդ աղջիկն է, որ սիրտը կպել է դրան: Աստված դրանց համար էլ էդպես է բարի տեսել:

Էս որ լսում են՝ հերն ու մերն էլ համաձայնվում են, յոթն օր, յոթը գիշեր հարսանիք են անում, ու թագավորի տղեն ամուսնանում է գեղեցիկ Լուսիկի հետ:

Միառժամանակ անց է կենում, էս թագավորի տղեն գնում է հեռու երկիր: Գնալիս տանը պատվիրում է, որ երբ կինը ծնի՝ իրեն տեղեկություն գրեն: Պատվիրում է ու գնում:

Սրա գնալուց մի քանի ամիս անց է կենում, Լուսիկը

ազատվում է, մի սիրուն, շարմաղ, ոսկեզանգուր տղա է ծնում:

Թագավորն ու թագուհին էնպես ուրախանում են, էնպես ուրախանում են, որ աշխարհքովը մին են լինում: Աչքալուս են գրում, նամակը տալիս են սուրհանդակին, ուղարկում են: Դու մի ասիլ, էս նամակը տանողը գնում է ճանապարհին հյուր է ընկնում Լուսիկի եղբոր տանը ու գիշերը մնում է նրանց մոտ: Իրիկունը զրույց անելիս պատմում է, թե՝ հապա, էսպես-էսպես մի բան է պատահել ու հիմի աչքալուսի թուղթ եմ տանում թագավորի տղին:

Չար հարսը էստեղ գլխի է ընկնում բանը: Գիշերվա մի ժամանակը վեր է կենում, էս մարդի գրպանից նամակը հանում, կրակը զցում ու ինքը մի նոր նամակ գրում, դնում տեղը: Գրում է, թե՝ հապա չես ասիլ, քո գնալուց ետը կինդ ծնեց՝ մի շան լակոտ բերավ... էսպես խայտառակվեցինք աշխարհքի մեջ. հիմի քեզ իմացնում ենք՝ գրի ինչ անենք, ինչ չանենք:

Սուրհանդակը էս նամակը տանում է տալի թագավորի տղին: Կարդում է թագավորի տղեն ու շա՛տ-շատ վշտանում: Հորն ու մորը նամակ է գրում, թե իմ բախտն էլ երևի էդ է եղել, ինչ որ աստված տվել է՝ իմն է, պահեցեք, կնկանս էլ մի թթու խոսք չասեք, մինչև ես գամ:

Գրում է, նամակը տալիս սուրհանդակին, ետ ղրկում: Էս սուրհանդակը վերադարձին գալիս է կրկին իր հյուրատունը ու էլի գիշերը մնում է նրանց մոտ:

Չար հարսը գիշերվա մի ժամանակն էլի վեր

է կենում, սրա գրպանից թագավորի տղի նամակը հանում, զցում կրակը, ինքը մի նորը գրում, դնում տեղը։ Գրում է, թե՝ իմ կինն ինչ որ ծնել է, իր ծնած շան լակոտը դոշիցը կկապեք ու դուրս կանեք, կկորցնեք, որ ես չգամ ու մեր տանը տեսնեմ, թե չէ ինձ մի փորձանքի կտամ։ Հերն ու մերը էս նամակը որ ստանում են, մնում են զարմացած։ Ասում են.

— Էս ի՞նչ բան է. ինքը բերավ մեր կամքին հակառակ հետը պսակվեց, հիմի էլ գրում է, թե՝ դուրս արեք...

Շատ են տխրում, շատ է մեղքները գալի, բայց ինչ որ գրել էր՝ պետք է կատարեին։

Բերում են երեխին կապում են մոր դոշիցը, լաց են լինում, օրհնում են ու իրենց տանիցը դուրս են անում։

Երեխեն դոշիցը կապած՝ Լուսիկը գնում է լալով։ Անց է կենում խոր ձորեր, մութ անտառներ, անբնակ դաշտեր, ընկնում է մի անջուր, ամայի անապատ։

Էս անապատում՝ ծարավ, ջրչոր՝ գնում է, գնում, շատ է գնում, թե քիչ է գնում, շատն ու քիչն էլ աստված գիտի, հասնում է մի ջրհորի։ Նայում է ջրհորի մեջը, աչքին թվում է, թե ջուրը մոտիկ է։ Կռանում է թե ջուր խմի՝ երեխեն գրկիցը ընկնում է ջրհորի մեջը։ Ճչալով ջրհորի էս կողմն է թռչում, էն կողմն է թռչում։ Հանկարծ ետևից մի ձեն է գալի.

— Մի՛ վախիլ, աղջիկ ջան, մի՛ վախիլ, հանի...

Ետ է նայում, տեսնում՝ սպիտակ միրուքը մինչև գոտկատեղը մի ծերունի։ Ասում է.

— Ո՞նց հանեմ, չեմ կարող, պապի ջան, ձեռներ չունեմ։

— Հա՛նի, հա՛նի, աղջիկ ջան, ձեռներ ունես, մեկնի... Լուսիկը կոները մեկնում է, ձեռները բացվում են, ու երեխեն ջրհորից հանում է։ Ետ է դառնում թե շնորհակալություն անի, տեսնում է ծերունի չկա, աներևութացել է։

Սրան էստեղ թողնենք իր երեխի հետ ու հիմի ո՞ւմնից տեղեկություն տանք։ Հիմի տեղեկություն տանք թագավորի տղիցը։

Թագավորի տղեն օտարությունից վերադառնում է, ամեն բան իմանում է, ու էլ տուն չի մտնում, դռնից ետ է դառնում, գնում է աշխարհքե-աշխարհք ման գա, որ իր կնկանն ու երեխին գտնի։

Գնում է ման գալի, էս կողմը հարց ու փորձ, էն կողմը հարց ու փորձ, մի տեղ պատահում է մի մարդու։

— Բարի օր։

— Աստծու բարին։

— Ո՞ւր առաջ բարի։

— Իմ քրոջն եմ ման գալի։

— Դէ մին չլինենք, երկու լինենք, գնանք, ես էլ իմ կնկան... երեխիս եմ ման գալի։

Ընկերանում են, գնում են ման գալի, մի տարի, երկու տարի երեք տարի, ոչ տեղն են իմանում, ոչ տեղեկություն: Էս թագավորի տղեն վերջը գալիս մի մեծ ճանապարհի վրա քարվանսարա է պահում, ընկերն էլ իր տուն ու տեղը, իր կնկանը բերում է ու էնտեղ ապրում են, որ գուցե թե գնացող-եկողից մի բան իմանան:

Մի անգամ էս քարվանսարի դուռն է գալի մի աղքատ կին իր փոքրիկ տղի հետ:

Թագավորի տղեն իր ընկերոջը ասում է.

— Եկ ներս կանչենք էս աղքատ կնկանն ու իր երեխին: Սրանք լավ հեքիաթներ են գիտենում ու լավ էլ պատմում են. հեքիաթ կպատմի, մենք էլ դարդի տեր մարդիկ ենք, կլսենք, գիշերն անց կկենա:

Ընկերոջ կնիկն էն կողմից հակառակում է, թե՝ մենք հազիվ ենք տեղավորվում, դրանց ո՞րտեղ բերենք:

Թագավորի տղեն որ շատ խնդրում է, ներս են թողնում մուրացկան կնկանն ու իր երեխին: Մերը պատի տակին կուչ է գալի, երեխեն էլ կողքին: Թագավորի տղեն ասում է.

— Քուններս չի տանում, քույրիկ, հեքիաթից, առակից կիմանաս, պատմի լսենք, գիշերն անցկենա:

— Ես ոչ հեքիաթ գիտեմ, ոչ առակ,— պատասխանում է աղքատը,— ես մի ճշգրիտ պատմություն գիտեմ, մի պատահած դեպք և շատ հետաքրքրական, թե կուզեք, պատմեմ, լսեք:

— Լավ, էդ պատմի:

Ու աղքատ կինը սկսում է պատմել։

— Մի ժամանակ մի աշխարհքում լինում են, չեն լինում, մի քույր մի ախպեր են լինում։ Ախպերը պսակվում է, կին է բերում, մի չար ու նախանձոտ կին։

Տանտիկինը էն կողմից բարկանում է.

— Հը՛, սկսեց գլխիցը դուրս տալ։

— Ա՛յ կնիկ, ի՞նչ ես ուզում, ինչո՞ւ ես խանգարում, թող պատմի.— նեղանում է մարդը։— Պատմի, քույրիկ, դու պատմի...

Աղքատ կնիկը շարունակում է իր հեքիաթը.

— Քույրը մի գեղեցիկ ու բարեսիրտ աղջիկ է լինում, ամենքը սիրում են նրան։ Ախպերն էլ ամեն տուն գալով միշտ նրա համար մի բան է բերում՝ կամ ծաղիկ, կամ միրգ, կամ հագուստ և կամ թե չէ՝ մի քաղցր խոսք է ասում։ Նախանձում է չար հարսը, հնարքներ է մտածում, թե ինչպես անի, որ կորցնի գեղեցիկ աղջկանը։

— Հը, դե տեսեք ինչ է ասում է՛ս անզգամը...— կրկին մեջ է ընկնում տանտիկինը։

— Ա՛յ կնիկ, ի՞նչ պատահեց քեզ. թող լսենք, տեսնենք ինչ է ասում։ Դու շարունակի, քույրիկ, սրան ականջ մի դնիլ։

Աղքատ կնիկը շարունակում է.

— Հնարքներ է մտածում չար հարսը: Մի օր տան կահկարասին է ջարդում ու դնում անմեղ աղջկա վրա, մյուս օրը մարդու սիրած ձին է բաց թողնում, կորցնում ու մեղադրում քրոջը, տեսնում է բան չի դառնում, վերջը իր երեխին օրորոցի մեջ մորթում է, դանակը դնում քնած աղջկա գրպանը...

— Ձենդ կտրի, լիրբ, անզգամ, ո՞վ է իմացել, որ մերն իր երեխին մորթի,— ճչում է տանտիկինը:

— Ի՞նչ ես ընդհատում,— գոռում է մարդը կնոջ վրա:— Թող պատմի, չե՞ս տեսնում՝ ինչ հետաքրքրական բան է պատմում:

Աղքատը շարունակում է.

— Դատաստան են անում, կտրում են անմեղ աղջկա կոները ու էնպես կոնատ հալածում, կորցնում հեռո՜ւ, հեռո՜ւ...

Հալածված թափառում է նա անծանոթ անտառներում: Էն երկրի թագավորի տղեն օրերից մի օր որսի է դուրս գալի էն անտառները, գտնում է գեղեցիկ աղջկանը ու պսակվում է նրա հետ: Թագավորի տղեն հեռու երկիր է գնում: Նրա գնալուց հետո կինը ծնում է մի ոսկեգանգուր երեխա: Աչքալուսի նամակ են գրում հորը: Նամակատարը ճամփին հյուր է ընկնում կոնատ աղջկա եղբոր տունը:

Չար հարսը գիշերը փոխում է նամակը, նոր նամակ է գրում թագավորի տղին, թե՝ «քու կնիկը ծնել է, շան լակոտ է բերել...»

— Սո՛ւս, հերիք էր ինչ որ տակից-գլխից դուրս տվիր, դուրս կորի գնա,— կատաղում է տանտիկինը:

— Ախպեր, կնկանդ ասա հանգիստ կենա, լսենք, տեսնում ես ինչ պատմություն է անում,— խնդրում է թագավորի տղեն ընկերոջը:

Աղքատը շարունակում է.

— Թագավորի տղեն կարդում է փոխած նամակը, վշտանում է, բայց էլի գրում է, որ պահեն, մինչև ինքը կգա: Նամակատարը վերադարձին կրկին հյուր է ընկնում նույն տունը: Էս նամակն էլ է փոխում չար հարսը ու գրում է, թե՝ «Նամակն ստանալուն պես իր ծնածը կրծքին կապեցեք ու դուրս արեք իմ կնոջը»: Էս նամակն ստանում են թագավորն ու թագուհին, շատ են զարմանում, շատ են տանջվում, բայց ինչ անեն, կատարում են ինչ որ գրած է. երեխին մոր դոշիցն են կապում ու դուրս անում:

— Էս ո՞րտեղից եկավ էս շունը,— աղաղակում է տանտիկինը:

— Բավական է,— գոռում են վրեն մարդն ու թագավորի տղեն:— Պատմի, քույրիկ, հետո՞... հետո՞...

Աղքատը շարունակում է.

— Հետո թագավորի տղեն տուն է գալի: Լսում է ինչ է պատահել, ետ է դառնում, գնում է իր կնոջն ու երեխին ման գալու: Պատահում է կռնատ աղջկա եղբորը: Նա էլ դուրս էր եկել իր քրոջը ման գալու: Ընկերանում են ու ման են գալի: Շատ են ման գալի, չեն գտնում: Գալիս են, մեծ ճանապարհի վրա մի քարվանսարա են պահում...

— Սուտ է ասում,— գոչում է տանտիկինը:

Իսկ մարդն ու թագավորի տղեն ապուշ կտրած սպասում են վերջին: Եվ աղքատ կինը հասնում է վերջին.

— Սոված ու ծարավ թափառում է հալածված մերը իր ոսկեզանգուր երեխի հետ, վերջը աղքատ, տկլոր գալիս է, հասնում էդ քարվանսարայի դուռը... Ախպերն ու ամուսինը մեղքանում են, ներս կանչում, խնդրում են, որ մի հեքիաթ ասի իրենց համար...

— Վա՜յ...— ուշաթափվում է տանտիկինը:

— Լուսիկ ջա՜ն... մի՞թե դու ես...— վեր են թռչում թագավորի տղեն ու ընկերը,— Լուսիկ ջան...

— Հա, ձեր Լուսիկն եմ ես, սհա իմ ախպերը, սհա իմ ամուսինը, սհա իմ ոսկեզանգուր երեխան, և սհա չար հարսը...

Լեզվով չի պատմվիլ, թե ինչպես են ուրախանում ամենքը, որ իրար որոնում էին ու գտնում են վերջապես:

Իսկ չար հարսին կապում են կատաղի ձիու պոչից ու բաց են թողնում արձակ դաշտերում: Որտեղ արյունն է կաթում, էնտեղ փուշ ու տատասկ է դուրս գալի, որտեղ արտասուքն է թափվում, էնտեղ լիճ է գոյանում: Էն լճի խորքում երևում է մի երեխա՝ քնած օրորոցում, դանակը դրած գլխի տակին: Ասում են՝ երևում է և մի վանք, էն վանքում չոքած է մի կին ու լալիս է, լալիս է, անվերջ լալիս է:

ԲԱՐԵԿԵՆԴԱՆԸ

Ժամանակով մի մարդ ու մի կնիկ են լինում:

Էս մարդ ու կնիկը իրար հավանելիս չեն լինում:

Մարդը կնկանն է ասում հիմար, կնիկը մարդուն, ու միշտ կռվելիս են լինում:

Մի օր էլ մարդը մի քանի փութ եղ ու բրինձ է առնում, տալիս մշակի շալակը, տանում տուն:

Կինը բարկանում է.

— Ա՛յ, որ ասում եմ հիմար ես, չես հավատում, էսքան եղն ու բրինձը միանգամից ինչի՞ համար ես առել բերել, հորդ քե՞լեխն ես տալիս, թե տղիդ հարսանիքն ես անում:

— Ի՞նչ քելեխ, ի՞նչ հարսանիք, այ կնիկ, ի՛նչ ես խոսում, տար պահի, բարեկենդանի համար է:

Կինը հանգստանում է, տանում է պահում:

Անց է կենում միառժամանակ, էս կնիկը սպասում է, սպասում է, բարեկենդանը գալիս չի: Մի օր էլ շեմքումը նստած է լինում, տեսնում է մի մարդ վռազ-վռազ փողոցով անց է կենում: Ձեռը դնում է ճակատին ու ձեն տալի.

— Ա՛խպեր, ա՛խպեր, հալա մի կանգնի։

Տղեն կանգնում է։

— Ա՛խպեր, բարեկենդանը դու հո չե՞ս։

Անցվորականը նկատում է, որ էս կնկա ծալը պակաս է, ասում է՝ հա՛ ասեմ, տեսնեմ ինչ է դուրս գալի։

— Հա, ես եմ բարեկենդանը, քույրիկ ջան, ի՞նչ ես ասում։

— Էն եմ ասում, որ մենք քո ծառան հո չենք, որ քո եղն ու բրինձը պահենք։ Ինչ որ պահեցինք, հերիք չէ՞... չես ամաչո՞ւմ... Ընչի՞ չես գալի քո ապրանքը տանում...

— Դե էլ ի՛նչ ես նեղանում, քույրիկ ջան, ես էլ հենց դրա համար եմ եկել, ձեր տունն էի ման գալի, չէի գտնում։

— Դե արի տար։

Էս մարդը ներս է մտնում, սրանց եղն ու բրինձը շալակում ու կրունկը դեսն է անում, երեսը դեպի իրենց գյուղը։

Մարդը գալիս է տուն, կնիկն ասում է.

— Հա , էն բարեկենդանն եկավ, իր բաները իրեն սնցրի տարավ։

— Ի՞նչ բարեկենդան... ի՞նչ բաներ...

— Ա՛յ էն եղն ու բրինձը... Մին էլ տեսնեմ՝ վերնից գալիս

է. մեր տունն էր ման գալի, կանչեցի, մի լավ էլ խայտառակ արի, շալակը տվի տարավ:

— Վայ քու անխելք տունը քանդվի, որ ասում եմ հիմար ես՝ հիմար ես էլի... Ո՞ր կողմը գնաց:

— Այ էն կողմը:

Էս մարդը ձի է նստում, ընկնում բարեկենդանի ետնից:

Ճանապարհին բարեկենդանը ետ է մտիկ անում, տեսնում է՝ մի ձիավոր քշած գալիս է: Գլխի է ընկնում, որ սա էն կնկա մարդը պետք է լինի:

Գալիս է հասնում իրեն:

— Բարի օր, ախպերացու:

— Աստծու բարին:

— Հո էս ճամփովը մարդ չի անցկացա՞վ:

— Անցկացավ:

— Ի՞նչ ուներ շալակին:

— Եղ ու բրինձ:

— Հա, հենց էդ եմ ասում: Ի՞նչքան ժամանակ կլինի:

— Բավականին ժամանակ կլինի:

— Որ ձին քշեմ՝ կհասնե՞մ:

— Ո՞րտեղից կհասնես, դու ձիով, նա ոտով։ Մինչև քու ձին չորս ոտը կփոխի՝ մի՛ն, երկո՛ւ, երե՛ք, չո՛րս, նա երկու ոտով մե՛կ-երկո՛ւ, մե՛կ-երկո՛ւ, մե՛կ-երկո՛ւ, շուտ-շուտ կգնա, անց կկենա։

— Բա ի՞նչպես անեմ։

— Ինչպես պետք է անես, ուզում ես, ձիդ թող ինձ մոտ, դու էլ նրա պես ոտով վազի, գուցե հասնես։

— Հա՛, էդ լավ ես ասում։

Վեր է գալիս, ձին թողնում սրա մոտ ու ոտով ճանապարհ ընկնում։ Սա հեռանում է թե չէ, բարեկենդանը շալակը բարձում է ձիուն, ճամփեն ծռում, քշում։

Էս մարդը ոտով գնում է, գնում, տեսնում է չհասավ, ետ է դառնում։ Ետ է դառնում, տեսնում՝ ձին էլ չկա։ Գալիս է տուն։ Նորից սկսում են կռվել, մարդը եղ ու բրնձի համար, կնիկը ձիու։.

Մինչև օրս էլ էս մարդ ու կնիկը կռվում են դեռ։ Սա նրան է ասում հիմար, նա սրան, իսկ բարեկենդանը լսում է ու ծիծաղում։

ՔԵՖ ԱՆՈՂԻՆ ՔԵՖ ՉԻ ՊԱԿՍԻԼ

Ա

Ժամանակով Բաղդադ քաղաքում նստում էր Հարուն Ալ Ռաշիդ թագավորը: Հարուն ալ Ռաշիդ թագավորը սովորություն ուներ՝ շորերը փոխած ման էր գալիս, իմանալու, թե ինչ է կատարվում իր մայրաքաղաքում: Մի գիշեր էլ էսպես, դերվիշի շոր մտած, անցնելիս է լինում մի խուլ փողոցով: Մի աղքատ տնակից երգի ու նվագածության ձայներ է լսում: Կանգ է առնում, միտք է անում միտք, հետաքրքրվում է ու ներս մտնում: Ներս է մտնում տեսնում՝ դատարկ ու մերկ մի տնակ, կրակի դեմը փռած կարպետի վրա նստոտած տան տերն ու երաժիշտները: Աղքատ ընթրիքի շուրջը բոլորած նվագում են, երգում ու զվարճանում:

— Խաղաղություն ձեզ, ո՛վ ուրախ մարդիկ,— ողջունում է դերվիշն ու խոնարհություն է անում տան տիրոջը:

— Բարով եկար, դերվիշ բաբա, համեցեք, միասին ուտենք աստծու տված մի կտոր հացն ու միասին ուրախանանք,— խնդրում է տան տերը: Դերվիշին էլ նստեցնում են իրենց հետ ու շարունակում են քեֆը:

Գիշերվա մի ժամին տան տերը երաժիշտներին

վճարում է իրենց հասանելիքն ու ճամփու դնում: Երբ երաժիշտները հեռանում են, դերվիշը տան տիրոջը հարցնում է.

— Անունդ ի՞նչ է, բարեկամ:

— Հասան:

— Ամոթ չլինի հարցնելը, Հասան ախպեր, ի՞նչ արվեստի տեր ես դու, ի՛նչքան փող ես աշխատում, որ էսպես քեֆով ես անցկացնում քո ժամանակը:

— Քեֆը շատ փողով չի լինում, դերվիշ բաբա,— պատասխանում է տան տերը:— Ամենաչնչին ապրուստն էլ կարող է մարդ ուրախ վայելել: Ես մի փինաչի եմ, չուստեր եմ կարկատում, օրը մի չնչին բան եմ վաստակում: Երեկոները բերում եմ մի մասը ապրուստի եմ տալիս, մյուս մասն էլ էս երաժիշտներին, որ տեսար: Նստում ենք, ուրախանում: Թե քեզ նման մի ազնիվ հյուր էլ աստված հասցնում է՝ ավելի լավ:

— Անպակաս լինի քո ուրախությունը, ո՛վ Հասան, բայց եթե հանկարծ աշխատանքիդ էդ բարակ աղբյուրն էլ կտրի, ի՞նչ պիտի անես:

—Ինչո՞ւ է կտրում, դերվիշ բաբա:

— Օրինակ, թագավոր է ու թագավորի քմահաճույք.

հանկարծ հրաման արավ, որ էլ փինաչիությունը չպիտի լինի:

— Է՛հ, թագավորի դարդը կտրե՞լ է ընկնի փինաչիների ետևից... կամ ի՞նչ են արել նրան փինաչիները։ Երբ էդպես բան կպատահի, էն ժամանակ կմտածենք, այժմ քնենք, դերվիշ բաբա։ Աստված ողորմած է. քեֆ անողին քեֆ չի պակսիլ։ Աշխարհքի բան է՝ ինչպես բռնես՝ էնպես էլ կերթա։

— Լա՛վ, աստված տա, որ էդպես լինի,— բարեմաղթում է դերվիշն, ու քնում են։

Բ

Առավոտը վաղ դերվիշը գնում է։ Նրա գնալուց հետո մունետիկները լցվում են Բաղդադի փողոցներն ու հրապարակները, գոռալով հայտարարում, թե՝ թագավորի հրամանն է, փինաչիների խանութները փակ պիտի մնան. էսօրվանից էլ ոչ ոք իրավունք չունի էդ արհեստով պարապելու։ Զանցառուների գլուխները կթռչեն։

Խեղճ Հասանի ձեռքից էլ բիզը խլում են, վզակոթին տալով դուրս անում իր նեղլիկ խանութից ու դուռը փակում։

Մյուս գիշերը, դարձյալ դերվիշի շոր մտած, Հարուն Ալ Ռաշիդ թագավորը գնում է քաղաք շրջելու։ Դարձյալ անցնում է էն փողոցով, ուր ապրում էր ուրախ Հասանը։ Դարձյալ երգի ու երաժշտության ձայներ է լսում նրա տանից։ Ներս է մտնում։

— Օ՜, բարով, բարով, դերվիշ բաբա, համեցեք, նստիր քո տեղը:

Նստում են, ուտում, խմում, ածում, երգում, ուրախանում մինչև կեսգիշեր:

Կեսգիշերին երաժիշտներն իրենց վարձն առնում են հեռանում: Մնում են տան տերն ու հյուրը:

— Գիտե՞ս ինչ պատահեց, դերվիշ բաբա:

— Ի՞նչ պատահեց:

— Հենց էն, ինչ որ դու գուշակեցիր երեկ իրիկուն: Էսօր թագավորը հրաման հանեց՝ մեր արհեստն արգելեց...

— Ի՞նչ ես ասում,— զարմանում է հյուրը: — Հապա ո՞րտեղից փող գտար, որ էս գիշեր էլ քեֆ սարքեցիր:

— Մի կավե կուժ եմ գտել, հիմի էլ ջուր եմ ծախում: Օրական ինչ աշխատում եմ՝ մի մասը տալիս եմ ապրուստի, մյուսը երաժիշտներին ու դարձյալ քեֆ եմ անում:

— Իսկ եթե թագավորը ջուր ծախելն էլ արգելի, էն ժամանակ ի՞նչ ես անելու:

— Ջուր ծախելով թագավորին ի՞նչ վնաս ենք տալի, որ արգելի: Եվ ինչո՞ւ էսօրվանից դարդ անեմ դրա համար: Երբ որ կարգելի, էն ժամանակ կմտածեմ: Մի՛ վախենար, բարեկամ, երբեք չի պակսիլ մի կտոր հաց ու մի անկյուն, որ ես էնտեղ ուրախանամ:

— Անպակաս լինի ուրախությունը քո օջախից, ով Հասան,— բարեմաղթում է դերվիշն ու հեռանում:

Գ

Առավոտը վաղ ամբողջ Բաղդադը թնդում է մունետիկների ձենից, թե Հարուն Ալ Ռաշիդ թագավորն էսպես է հրամայում. ջուրը աստծունն է և էսօրվանից ոչ ոք իրավունք չունի փողով ծախելու: Պատռել բոլոր ջրկիրների տիկերն ու ջարդել նրանց կժերը:

Աղքատ Հասանի կուժն էլ ջարդում են ջրի ճամփին ու դատարկ ետ ղրկում:

Մյուս գիշեր թագավորը կրկին դերվիշի շոր է հագնում ու գնում քաղաքը շրջելու: Կրկին մոտենում է ուրախ Հասանի տանը: Դարձյալ ուրախության և երգի ձայներ: Ներս է մտնում:

— Ա՛յ, դերվիշ բաբա, համեցե՛ք, համեցե՛ք, նստիր քո տեղը, քեֆ անենք, ցերեկը երկարացնենք, գիշերը կարճացնենք: Ուրախանանք, դերվիշ բաբա, ավելի լավ է ուրախանալ, քան տրտմել:

— Իհարկե, ուրախությունը ավելի լավ է: Ամենքս էլ մեռնելու ենք, ո՛վ կարող է թող ուրախանա,— բացականչում է դերվիշն ու նստում ձասանի կողքին:

Գիշերվա մի ժամին երգիչներն իրենց վարձն առնում են ու հեռանում: Մնում են դերվիշն ու տան տերը:

— Հասան ախպեր, էսօր ի՜նչ լսեցի, ասում են թագավորը արգելել է ջուր ծախելը, ճշմարի՞տ է արդյոք:

— Ի՜նչպես չէ, ի՜նչպես չէ, ամենքիս ջրի ամաններն էլ ոչնչացրին: Ա՜խպեր, դու կատարյալ մարգարե ես եղել, ինչ ասում ես՝ մյուս օրը կատարվում է:

— Հապա ի՞նչպես է, որ դու դարձյալ քեֆ ես անում: Ո՞րտեղից ես գտել էս փողը:

— Երանի թե մարդու պակասը փողը լինի: Փողի գտնելը հեշտ է, դերվիշ բաբա: Գնացի մի գործատիրոջ մշակ մտա. օրական մի բան է տալիս, բերում եմ մի մասը ապրուստիս եմ անում, մյուսը երաժիշտներին եմ տալիս ու շարունակում եմ իմ քեֆը: Բանը մարդու սիրտն է, դերվիշ բաբա:

— Ես իմ հոգին, արժե, որ էդ սրտով թագավորի պալատական լինեիր դու, —բացականչեց դերվիշը:

— Վա՛հ, դերվիշ, քո ասածները կատարվում են ճշտությամբ, հիմի որ էս խոսքդ էլ կատարվի՞:

— Ինչո՞ւ չի կատարվի, աշխարհքում անկարելի բան չկա,— պատասխանեց դերվիշն ու բաժանվեցին:

Դ

Առավոտը վաղ տերության պաշտոնյաները կտրեցին Հասանի աղքատ տնակի դուռը.

— Էստե՞ղ է կենում քեֆ սիրող Հասանը:

— Ես եմ,— պատասխանեց զարմացած Հասանը:

— Թագավորի հրամանով հետևիր մեզ:

Ուղիղ պալատը տարան Հասանին: Հայտնեցին, որ թագավորն իրեն պալատականի պաշտոն է տվել: Պալատականի զգեստ հագցրին, մի թուր էլ կապեցին մեջքը ու կանգնեցրին պալատի մուտքերից մեկի առջև: Ամբողջ օրը էն մուտքի առջև պարապ կանգնեց Հասանը: Իրիկունը որ մթնեց, դատարկ ձամփու դրին տուն, թե՝ գնա, առավոտը ետ կգաս քո տեղը կանգնելու:

Գիշերը դարձյալ դերվիշի շոր մտավ Հարուն Ալ Ռաշիդ թագավորն ու գնաց քաղաքը շրջելու:

Գնաց մոտեցավ Հասանի տանը: Ականջ դրեց: Զարմանքով լսեց, որ դարձյալ հնչում են երգն ու երաժշտությունը: Հասանը քեֆ է անում դարձյալ: Ներս մտավ:

— Դերվի՛շ, դերվի՛շ, քո տունը չքանդվի, արի է՛, երեկվա խոսքդ էլ կատարվեց, թագավորն ինձ պալատում պաշտոն է տվել:

— Ի՞նչ ես ասում:

— Աստված վկա:

— Եվ երևի շատ փող է տվել...

— Չէ՛, ինչ փող. մի գրոշ չտվին: Դատարկ տուն ղրկեցին:

— Հապա որտեղի՞ց ես փող գտել, որ դարձյալ քեֆ ես անում:

— Նստի՛ր, ասեմ որտեղից: Մի թուր են կապել մեջքս: Իրիկունը տուն գալիս մտածեցի, թե՝ հո ես մարդ չեմ սպանելու: Տարա պողպատի շեղբը (մեջը) ծախեցի, պողպատի փոխարեն փայտե շինել տվի, մեջը դրի, եկա տուն: Եկա պողպատի փողով քեֆ սարքեցի: Լավ եմ արել, չէ՞, դերվիշ, ավելի լավ է ուրախություն ունենալ, քան մարդ սպանելու սուր:

— Հա՛, հա՛, հա՛,— ծիծաղեց դերվիշը:— Լավ անելը՝ լավ ես արել, Հասան, բայց եթե էգուց քեզ թագավորը հրամայի, թե՝ կտրի էս հանցավորի գլուխը՝ ի՞նչ ես անելու:

— Բերանդ բարի բաց արա, ա՛յ չարագուշակ դերվիշ,— բարկացավ Հասանը:— Հակառակի նման ինչ էլ ասում ես, կատարվում է. չե՞ս կարող մի լավ բան ասել...

Ու շատ վշտացավ Հասանը: Սիրտը երկյուղ ընկավ, ամբողջ գիշերը չկարողացավ քնի:

Իրավ որ, մյուս օրը թագավորը կանչեց Հասանին ու

ամբողջ արքունիքի առջև հանդիսավոր հրամայեց, որ մի հանցավորի գլուխը կտրի:

— Հանիր թուրդ ու կտրի էս հանցավորի գլուխը:

— Ապրած կենաս, մեծ թագավոր,— պատասխանեց սարսափած Հասանը,— ես իմ օրում մարդու գլուխ չեմ կտրել, չեմ կարող: Փորձված մարդիկ շատ կան քո պալատում, հրամայիր մի ուրիշը կտրի...

— Ես քեզ եմ հրամայում,— սաստեց թագավորը,— եթե մի վայրկյան էլ ուշացրիր, գլուխդ կթռչի: Հանի՛ր թուրդ...

Էս խոսքի հետ թշվառ Հասանը մոտեցավ հանցավորին, ձեռքերը տարածեց ու աղաղակեց դեպի երկինք.

— Տեր աստված, արդարն ու մեղավորը դու գիտես: Եթե էս մարդը մեղավոր է, ինձ ուժ տուր, որ մի զարկով թռցնեմ սրա գլուխը, իսկ եթե արդար է, թող փայտ դառնա իմ թուրը..

Ասավ, դուրս քաշեց թուրը... Փա՜յտ: Հրաշքի վրա պալատականները մնացին ապշած: Էստեղ ճարուն Ալ Ռաշիդ թագավորը փառ-փառ ծիծաղեց ու ամեն բան բաց արավ, պատմեց իր պալատականների առջև: Շատ ծիծաղեցին պալատականները ու շատ գովեցին թե՛ ուրախություն սիրող Հասանին, թե՛ թագավորին: Ծիծաղեց մինչև անգամ էն դժբախտ հանցավորը, որ չոքած, վիզը մեկնած սպասում էր թրի զարկին: Թագավորը բաշխեց հանցավորին իր կյանքը, իսկ Հասանին դառնալով՝ հռչակեց նրան իր սիրելի մարդը ամբողջ տերության մեջ ու լավ պաշտոն տվեց, որ միշտ աշխատի ու անպակաս ուրախ ապրի, ուրիշներին էլ սովորեցնի ուրախ ապրել աշխարհքում:

ԿԱՑԻՆ ԱԽՊԵՐ

Մի մարդ գնաց հեռու երկիր աշխատանք անելու: Ընկավ մի գյուղ: Տեսավ՝ այս գյուղի մարդիկ ձեռով են փայտ կոտրատում:

— Ախպե՛ր, ասավ, ինչո՞ւ եք ձեռով փայտ անում, մի՞թե կացին չունեք:

— Կացինն ի՞նչ բան է,— հարցրին գյուղացիք:

Մարդը իր կացինը գոտկից հանեց փայտը ջարդեց, մանրեց, դարսեց մյուս կողմը: Գյուղացիք այս որ տեսան, վազեցին գյուղամեջ, ձայն տվին իրար.

— Տո՛, եկե՛ք, տեսե՛ք, կացին ախպերը ինչ արավ: Գյուղացիք հավաքվեցին կացնի տիրոջ գլխին, խնդրեցին, աղաչեցին, շատ ապրանք տվին ու կացինը ձեռիցն առան:

Կացինը առան, որ հերթով կոտրեին իրենց փայտը:

Առաջին օրը տանուտերը տարավ: Կացինը վրա բերավ թե չէ՝ ոտը կտրեց: Գոռալով ընկավ գյուղամեջ:

— Տո՛, եկե՛ք, եկե՛ք, կացին ախպերը կատաղել է, ոտս կծեց: Գյուղացիք եկան, հավաքվեցին, փայտերն առան, սկսեցին կացնին ծեծել: Ծեծեցին, տեսան՝ բան չդառավ, փայտերը կիտեցին վրան, կրակեցին:

Բոցը բարձրացավ, չորս կողմը բռնեց: Երբ կրակն իջավ, եկան բաց արին, տեսան՝ կացինը կարմրել է: Գոռացին.

— Վա՜յ, տղե՛ք, կացին ախպերը բարկացել է, տեսե՛ք՝ ոնց է կարմրել, որտեղ որ է, մեր գլխին մի փորձանք կբերի: Ի՞նչ անենք:

Մտածեցին, մտածեցին, ու վճռեցին տանեն բանտը գցեն:

Տարան գցեցին տանուտերի մարագը: Մարագը լիքը դարման էր. գցեցին թե չէ՝ կրակն առավ, բոցը երկինք բարձրացավ:

Գյուղացիք սարսափած վազեցին տիրոջ ետևից թե՝ «Ե՛կ, աստծու սիրուն, կացին ախպորը բան հասկացրու»:

ԵՂԵՄԱԿԱՆ ԾԱՂԻԿԸ

Ժամանակով մեր աշխարհքում մի վաճառական է լինում։ Էս վաճառականը ունենում է մի աղջիկ՝ անունը Ծաղիկ։ Ծաղիկ որ ծաղիկ, էնքան քնքուշ, էնքան նախշուն, էնքան սիրուն է լինում։

Հերը անչափ սիրելիս է լինում աղջկանը։ Մի անգամ էլ օտարության գնալիս հարցնում է.

— Ի՞նչ կուզես քեզ համար բերեմ։— Թե՝ եղեմական ծաղիկը կուզեմ ինձ համար բերես։— Լավ, ասում է, կբերեմ։

Գնում է աշխարհքից աշխարհք անց է կենում, իր առուտուրն անում է, իր գործը պրծնում, ուզում է աղջկա համար էլ եղեմական ծաղիկ գտնի, որ տուն գա։ Դես է հարցնում եղեմական ծաղիկ, դեն է հարցնում եղեմական ծաղիկ, ոչով չի իմանում, թե ինչ բան է եղեմական ծաղիկը կամ որտեղ է բացվում։ Վերջը մի ծեր մարդ է պատահում։ Էս ծեր մարդը մի ճամփա է ցույց տալի, ասում է էս ճամփով որ գնաս, էհինչ տեղը կգտնես քո հարցրած ծաղիկը։ Բայց զգույշ կաց Սպիտակ դևից, նա եղեմական ծաղկին հսկում է։

Հոր սիրտ է։ Ծերունու ցույց տված ճամփեն բռնում է գնում։ Գնում է, գնում, շատ է գնում թե քիչ, դուրս է գալիս էնտեղ, որտեղ բացվում է եղեմական ծաղիկը։ Հենց հասնում է, ծաղիկը պոկում է թե չէ, մի հողմ, մի փոթորիկ է վեր կենում, փոթորկի հետ հայտնվում է մի հրեշ: Մարդ ասես, մարդ չի, գազան ասես, գազան չի, բայց գազանի նման մռնչում է.

— Ո՞ւր պոկեցիր իմ ծաղիկը... քո մահն է հիմի...

— Քո մահն է հիմի...— ձեն է գալի ամեն կողմից... Մարդը ոչ մեռած, ոչ կենդանի՝ հրեշի առաջն է ընկնում:

— Ներիր,— ասում է, — ո՛վ հզոր... իմ աղջիկն էր ուզել...

— Կներեմ,— կանչում է հրեշը,— միայն էն պայմանով, որ էդ աղջիկը ինձ տաս:

— Համաձայն եմ:

— Որ համաձայն ես՝ քեզ եմ բաշխում քո կյանքը: Գնա: Հենց որ ձեր տան դիմացի սարն սպիտակի, էդ իմ նշանն է, կգամ Ծաղիկին տանելու:

Դու մի ասիլ Սպիտակ դևը ինքը հրեշն է, որ կա:

Վաճառականը վերադառնում է տուն: Աղջիկը միամիտ առաջն է վազում, վզովը փաթաթվում: Հերը համբուրում է՝ եդեմական ծաղիկը տալիս իրեն, իսկ պատահած դեպքն ու իր խոստումը թաքցնում է: Թաքցնում է, բայց ինքն իր մեջ միտք է անում ու տխրում: Քանի օրերն անց են կենում, էնքան ավելի է տխրում: Մի առավոտ էլ վեր է կենում տեսնում իրենց տան դիմացի սարն արդեն սպիտակել է: Լաց է լինում: Պատճառը, հարցնում են. էլ չի կարողանում ծածկի, պատմում է, թե՝ հապա չեք ասիլ էսպես-էսպես բան է պատահել, ես էլ խոսք եմ տվել, հիմի Սպիտակ դևը գալու է Ծաղիկին տանի:

— Բան չկա, հայրիկ,— ասում է Ծաղիկը,— դու լաց մի լինի, ես կերթամ Սպիտակ դևի հետ. ինչ կլինի կլինի:

Այնինչ Սպիտակ դևը արդեն դուռը կտրել է ու մռնչում է.

— Ո՞ւր է Ծաղիկն, ո՞ւր... ինձ տո՞ւր...

Մռնչում է ու նրա սառը շնչից դողում են ծառերը, աշխարհքը գունատվում, ի՜նչ պետք է անեին խեղճ մարդիկը: Զուգած, զարդարած, եդեմական ծաղիկը ձեռքին դուրս են բերում Ծաղիկին հանձնում են Սպիտակ դևին, որ չարախինդ սուլոցով ու ազահ ռոնցով, սառով, սևով, հողմի թևով իսկույն հափշտակում է տանում: Տանում է Մասիսի մեծ վիհը: Հնտեղ, Մասիսի էն մեծ վիհում, էն անմատչելի, միշտ մռայլ ու միշտ սառն աշխարհքում կանգնած էր իր բյուրեղյա ապարանքը: Էն ապարանքից իջնում էր նա, սառով ու սարսափով աշխարհքը պատում, հափշտակում տանում ամեն կյանք ու կենդանություն: Ծաղիկին էլ տանում է, փակում են բյուրեղյա ապարանքում:

Էսպես ամիսներ են անցկենում: Մի անգամ էլ, գարնան սկզբին, երբ Սպիտակ դևը տանից դուրս է գնում, աղջիկը վեր է կենում փախչում: Ետ է գալի դևը, տեսնում է՝ Ծաղիկը չկա: Կատաղում է, հավաքում է իր բոլոր դիվական ուժն ու մրրիկի նման սուրալով, օձի նման սուլելով՝ ընկնում է ետնից: Աղջիկը արդեն Արագածի ստորոտն է լինում հասած: Ետ է նայում տեսնում է Սպիտակ դևը գալիս է։ Գալիս է, ո՜նց է գալիս, աստված ետ ու հեռու անի։ Սարսափից ճչում է, օգնություն է կանչում։ Կանչելու հետ, աստծու հրամանով, առաջը մի դուռն է բացվում։ Էն դռնովը մտնում է սարի մեջն, ու կրկին դուռը փակվում է դևի առաջին։

Ավելի է կատաղում Սպիտակ դևը. իր լայն թևերով բամփում է Արագածի գագաթին ու մռնչում.

— Ո՞ւր է Ծաղիկն, ո՛ւր... ինձ տո՛ւր...

Սա էստեղ թող մռնչա, մենք գնանք Ծաղիկի ետնից, տեսնենք էն կախարդական դռնից որ մտավ, ինչ եղավ։

Ծաղիկը էն կախարդական դռնից ներս է մտնում թե չէ, դուրս է գալի մի դրախտական այգի, որտեղ հազարավոր ձայներ երգում են.

Զմրուխտ պալատում, ոսկի դագաղում, Պառկած է չարի ուժով կախարդված, Պառկած է Արին ոչ մեռած, ոչ քուն, Ու աշխարհքն ամեն սև սուգ է մտած։

Պառկած է մինչև օրը ցանկալի, Էն պայծառ օրը, երբ որ նա կըզա, Կըզա նոր կյանքով ու նոր սիրով լի, Կարտասվի անուշ ու համբույր կըտա։

Առաջ է գնում Ծաղիկը, հանկարծ այգին լցվում է զվարթ աղմուկով ու տարածվում են ուրախ երգի ձայները.

Ահա եկավ, հասավ չքնաղ
Իր թագուհին, իր սիրելին,

Հիմի կելնի պաղ դագաղից
Մեր քաջ Արին-Արմանելին:

Հիմի կելնի թագավորը,
Հզոր Արին-Արմանելին,
Ու կրծպտան վառ աչքերը
Ողջ աշխարհքին, ծաղկին, ծըլին:

Հիմի կընկնի կախարդանքը
Չար թշնամու, Սպիտակ դևի,
Հիմի կըգա դալար կյանքը,
Բույրը ծաղկի, շողն արևի:

Եվ ճիշտ որ, Ծաղիկը գնում է, ինչ է տեսնում, այգու մեջ մի զմրուխտ պալատ, պալատի մեջ ոսկի դագաղ, դագաղի մեջ մի ջահել, գեղեցիկ երիտասարդ, որ ոչ քնած է, ոչ մեռած, շունչը վրեն հազիվ տրըփում է: Տեսնում է թե չէ, սիրտը փուլ է գալի, էլ չի դիմանում, լաց է լինում ու կռանում է համբուրում: Արտասուքի կաթիլներն ընկնում են երիտասարդի երեսին, երիտասարդը հանկարծ բաց է անում աչքերն ու վեր է կենում կանգնում, ինչպես էն դրախտում բուսած սոսիներից մինը:

Դու մի՛ ասիլ՝ հենց ինքը Արին-Արմանելին է, որ կա:

— Ո՞վ ես դու, սիրուն աղջիկ,— հարցնում է Արին-Արմանելին,— և ինչպես ընկար էս աշխարհքը:

Ու Ծաղիկը կանգնում պատմում է իր գլխին եկածը, թե ինչպես ինքը գերի էր եղած Սպիտակ դևին, որ այժմ էլ ետևիցն է ընկել ու հալածում է իրեն:

— Լսում եմ, լսում եմ նրա դաժան ձայնը,— պատասխանում է Արին-Արմանելին։— Ինձ էլ նա է կախարդել ամիսներ առաջ ու գցել էս մահանման քնի մեջ։ Էսպես է անում ամեն տարի։ Պետք է էսպես էլ մնայի, մինչև մինը խորտակեր նրա չար կախարդանքը։ Դու եղար էդ մինը։ Այժմ ես դուրս կգնամ նրա դեմ։

Ասելն ու անելը մին է լինում։ Առնում է կայծակի թուրը ու դուրս է գալի։ Երկու թշնամի ուժերը պատառում են իրար, բացվում է օրհասակռիվը։ Զարկում են զարկվում, երկինք ու գետինք իրար են խառնվում։ Մութն ամպերում մռնչում է Սպիտակ դևը, Արին-Արմանելին ահավոր որոտում ու շողացնում է կայծակի թուրը, երկիրը դողում, դղրդում է հիմքից։ Կռվի վերջում պարտված–զարկված Սպիտակ դևը վշշալով ու թշշալով, լացով ու թացով քաշվում է նորից իր մռայլ թագավորությունը, Մասիսի էն մեծ վիհը, դարձյալ փակվում է իր բյուրեղյա սառն ապարանքում։ Աշխարհքը մնում է գեղեցիկ հաղթողին։

Ու աստվածային հանդես է բացվում Արաքսի հովտում։ Արին-Արմանելին պսակվում է Ծաղիկի հետ։ Բնությունը առատորեն փռում է իր փարթամ վարդերն ու զարդերը, ինս ու ջինս, մրջյուն ու թռչուն իրար են խառնում իրենց զվարթ աղմուկն ու աղաղակը, խաղն ու տաղը, ամենի վրա հոյակապ կամար է կապում կանաչ-կարմիրը ծիածանը, իսկ նրանց վերև ճառագում ու աշխարհքովը մի ժպտում է գարնան կենսատու արևը։

Ու էսպես կրկնվում է ամեն տարի, որովհետև ամեն տարի Սպիտակ դևը կախարդում է Արին-Արմանելիին ու հափշտակում է սիրուն Ծաղիկին։

ԿԻԿՈՍԻ ՄԱՀԸ

Մի աղքատ մարդ ու կնիկ են լինում, ունենում են երեք աղջիկ։

Մի օր հերը աշխատելիս է լինում, ծարավում է, մեծ աղջկանը ջուրն է ղրկում։ Էս աղջիկը կուժն առնում է գնում աղբյուրը։ Աղբրի գլխին մի բարձր ծառ է լինում։ Էս ծառը որ տեսնում է՝ իրեն-իրեն միտք է անում.

— Հիմի որ ես մարդի գնամ ու մի որդի ունենամ, անունն էլ դնենք Կիկոս. Կիկոսը գա էս ծառին բարձրանա ու վեր ընկնի, քարովը դիպչի մեռնի...

— Վա՜յ, Կիկոս ջան, վա՜յ...

Տեղն ու տեղը ծառի տակին նստում է՝ սկսում է սուգ անել.

Գընացի մարդի,
Ունեցա որդի,
Գըդակը պոպոզ,
Անունը Կիկոս.
Վեր ելավ ծառին,
Ցած ընկավ քարին...
Վա՜յ Կիկոս ջան,
Վա՜յ որդի ջան...

Մերն սպասում է, սպասում, տեսնում է չեկավ, միջնեկ աղջկանն է ղրկում։ Ասում է.

— Գնա՛ մի տե՛ս, քույրդ ընչի՛ ուշացավ:

Միջնեկ աղջիկն է գնում:

Մեծ քույրը սրան որ հեռվից տեսնում է՝ ձենն ավելի է բարձրացնում:

— Արի՛, արի՛, անբախտ մորքուր, տես քո Կիկոսն ինչ եղավ:

— Ի՞նչ Կիկոս:

— Բա չես ասիլ՝

Գընացի մարդի,
Ունեցա որդի,
Գըդակը պոպոզ,
Անունը Կիկոս.
Վեր ելավ ծառին,
Ցած ընկավ քարին...
Վա՜յ Կիկոս ջան,
Վա՜յ որդի ջան...

— Վա՜յ Կիկոս ջան, վա՜յ,— գոռում է միջնեկ քույրը, նստում է մեծ քրոջ կողքին ու սկսում են միասին սուգ անել:

Մերն սպասում է, սպասում, տեսնում է չեկան, պստիկ աղջկանն է ղրկում: Ասում է.

— Աղջի՛, մի գնա տես քույրերդ ի՞նչ եղան: Գնացին, ետ չեկան:

Հիմի պստիկ աղջիկն է գնում: Գնում է տեսնում՝ երկու քույրերն էլ աղբրի գլխին նստած լաց են լինում:

— Քա՛, ընչի՞ եք լաց ըլում:

Մեծ քույրը թե՝ բա չես ասիլ՝

Գընացի մարդի,
Ունեցա որդի,
Գըդակը պոպոզ,
Անունը Կիկոս.
Վեր ելավ ծառին,
Ցած ընկավ քարին...
Վա՜յ Կիկոս ջան,
Վա՜յ որդի ջան...

— Վա՜յ քու մորքուրին, Կիկոս ջան, վա՜յ;— սա էլ է գլխին տալիս ու մյուսների կողքին նստում, ձեն-ձենի տալիս:

Մերն սպասում է, սպասում, տեսնում է աղջիկները չեկան, ինքն է գնում:

Հեռվից իրենց մորը տեսնում են թե չէ՝ երեք աղջիկն էլ կանչում են.

— Արի , արի՛, անբախտ տատի, տե՛ս թոռանդ գլուխն ինչ է եկել:

— Ի՞նչ թոռ, ա՛յ աղջկերք, ի՞նչ է պատահել:

Մեծ աղջիկը թե՝ բա չես ասիլ, ա՛յ մեր՝

Գընացի մարդի,
Ունեցա որդի,
Գըդակը պոպոզ,
Անունը Կիկոս.
Վեր ելավ ծառին,
Ցած ընկավ քարին...
Վա՛յ Կիկոս ջան,
Վա՛յ որդի ջան...

— Վա՛յ, քոռանան քու տատի աչքերը, Կիկոս ջան,— մերն էլ ծնկանը զարկում է, նստում է աղջիկների կողքին, սկսում է նրանց հետ սուգ անել:

Մարդը տեսնում է՝ կնիկն էլ գնաց աղջիկների ետևից ու սա էլ չեկավ: Ասում է՝ մի գնամ տեսնեմ էս ինչ պատահեց, որ սրանք իրար ետևից գնացին մնացին աղբրումը:

Վեր է կենում գնում:

Կնիկն ու աղջկերքը հենց սրա գլուխը հեռվից տեսնում են թե չէ, ձեն են տալի.

— Արի, արի՛, անբախտ պապի, արի տես քու Կիկոսի գլուխն ի՞նչ է եկել... վա՛յ քու Կիկոսին...

— Ի՞նչ Կիկոս, ի՞նչ եք ասում,— զարմանում է մարդը:

Մեծ աղջիկը թե՝ բա չես ասիլ,ա՛յ հեր՝

Գընացի մարդի,
Ունեցա որդի,
Գըդակը պոպոզ,

Անունը Կիկոս.
Վեր ելավ ծառին,
Ցած ընկավ քարին...
Վա՜յ Կիկոս ջան,
Վա՜յ որդի ջան...

— Վա՜յ, Կիկոս ջա՜ն,— ծնկներին տալիս են ու սուգ են անում մեր ու աղջկերք:

Սրանց միջի խելոքը հերն է լինում: Ասում է.

— Ա՜յ հիմարներ, ի՞նչ եք նստել էստեղ ու սուգ եք անում: Ինչքան էլ սուգ անեք, ինչքան էլ լաց ըլեք, հո Կիկոսն էլ կենդանանալու չի: Վեր կացեք, եկեք գնանք մեր տունը, մարդ կանչենք, ժամ ու պատարագ անենք, Կիկոսի քելեխը տանք, լացով ի՞նչ պետք է անենք: Աշխարհքի կարգ է, ինչպես եկել է, էնպես էլ պետք է գնա:

Դու մի՛ ասիլ՝ սրանց ունեցած-չունեցած չորստանին մի եզն է լինում, ունեցած փոշին էլ մի քթոց ալյուր:

Գալիս են էս եզը մորթում, էս մի քթոց ալյուրն էլ հաց թխում, ժողովուրդ են կանչում, ժամ ու պատարագ են անում, Կիկոսի քելեխն ուտեցնում, որ նոր հանգստանում են:

ԱՆԲԱՆ ՀՈՒՌԻՆ

Լինում է, չի լինում մի կնիկ: Էս կնիկը մի աղջիկ է ունենում՝ անունը Հուռի: Մի ծույլ, անշնորհք աղջիկ: Օրը մինչև իրիկուն պարապ-սարապ նստած:

Բանն ինչ կանեմ՝ կեղտոտ է.
Բամբակը կորիզոտ է:
Մաստակ պիտի, որ ծամեմ,
Կրտերը տիտիկ անեմ,
Անցնողին մըտիկ անեմ.
Ուտեմ, խմեմ,
Մըթնի, քընեմ:

Հարևանները անունը դնում են Անբան Հուռի: Ինչ մերն է՝ աղջկանը գովելով ման է գալի, լիդըր զզող, լիդըր մանող, համ խմորող, համ խմորը հանող, ձևող-կարող, հունցող-թխող, եփող-թափող, մի խոսքով՝ հուրի-հրեղեն, մատները ոսկի:

Էս գովասանքը գնում մի երիտասարդ վաճառականի ականջն է ընկնում: Էս երիտասարդ վաճառականն ասում է՝ իմ ուզածն էլ հենց սա է, որ կա: Գլխապատառ գալիս է անբան Հուռիին ուզում է, հետը պսակվում, տանում իրենց տունը: Մի քանի ժամանակից ետը մի տասը-քսան բեռը բամբակ, է առնում տալիս կնկանը, թե՝ գնում եմ հեռու տեղեր առուտուրի, դու էլ էս բամբակը զզի, մանի, գամ տանեմ ծախեմ, հարստանանք:

Անբան Հուռին է, իրեն համար մաստակ ծամելով ման է գալի: Մի օր էլ գետի ափովն անց կենալիս լսում է, որ գորտերը կըռկըռում են:

—Փե՛փել… Կե՛կել… Փե՛փել… Կե՛կել…

— Վո՜ւյ, աղջի Փեփել, Կեկել,— ձեն է տալի անբան Հուռին,— որ բամբակը բերեմ ձեզ տամ՝ կզզեք…

— Բե՛ր, բե՛ր, բե՛ր…

Անբան Հուռին ուրախանում է: Գնում է բամբակը կրում բերում ածում գետը:

— Դե զզեցեք, մանեցեք: Մի քանի օրից ետ կգամ, մանածը կտանեմ, որ ծախենք:

Գնում է մի քանի օրից ետ է գալի: Գորտերը էլի կռկռում են.

— Փե՛փել-Կեկել… Փե՛փել-Կեկել…

— Աղչի Փեփե՜լ, Կեկել, դե մանածը բերեք:

Գորտերը շարունակում են կռկռալ, իսկ մանածը չեն բերում: Հուռին մին էլ որ նայում է, աչքովն ընկնում է գետի ափերին ու քարերին փաթաթված կանաչ մուռը:

— Վո՜ւյ,— ասում է,— քոռանամ ես, տե՛ս, համ զզել ու մանել են, համ խալիչա են գործել իրենց համար:

Ձեռը ճակատին է դնում ձեն տալի.

— Դե որ խալիչա եք գործել, մեր բամբակի փողը

բերեք:— Ձեն է տալի ու ոտը փոխում է, մտնում ջուրը: Հանկարծ ոտը առնում է մի կոշտ բանի: Հանում է տեսնում՝ մի կտոր ոսկի: Փեփելին ու Կեկելին շնորհակալություն է անում, ոսկու կտորը փեշը դնում, գալիս տուն: Մարդն էլ առուտուրի տեղիցն է գալիս: Գալիս է տեսնում՝ իրենց թարեքին մի մեծ ոսկու կտոր:

— Այ կնիկ, էս ի՞նչ ոսկի է:

Թե՝ բա չես ասիլ բամբակը Փեփելի ու Կեկելի վրա ծախեցի. բամբակի փողն է:

Մարդը ո՜նց է ուրախանում, էնպես էլ դուք ուրախանաք: Զոքանչին հրավիրում է, ընծաներ է տալի, գովում է, շնորհակալություն է անում, որ էնպես խելոք, շնորհքով, աշխատասեր աղջիկ է մեծացրել: Քեֆ է սարքում, նստում են քեֆի:

Զոքանչը խորամանկ կին է լինում: Իմանում է, թե բանը ինչպես է պատահել. վախենում է փեսեն էլի աղջկանը գործ հանձնի, ու գաղտնիքը բացվի: Քեֆի լավ ժամանակը մի բզեզ է ներս մտնում ու բզռացնելով պտտվում սենյակում: Էս զոքանչը վեր է կենում գլուխ է տալի բզեզին: Ասում է.

— Բարով եկար, մորքուր ջան, ո՜նց ես. ո՜րտեղ ես, էսքան ժամանակ չես երևում... Ախր քեզ ո՞վ էր ասում էդքան բան անես, որ էդ օրն ընկնես...

Փեսեն մնում է զարմացած: Ասում է.

— Այ մեր, խելագարվեցի՞ր, քեզ ի՞նչ պատահեց. էդ բզեզին էդ ի՞նչ ես ասում, մորաքո՞ւրս որն է...

Զորանչը թե.

— Այ որդի, քեզանից ինչ թաքցնեմ, դու էլ իմ որդին ես: Չես ասիլ էս բզեզն իմ մորաքույրն է: Խեղճը շատ աշխատասեր կնիկ էր: Ամբողջ օրն աշխատում էր, շատ աշխատելուց կուչ եկավ, պստիկացավ, էնքան պստիկացավ, որ դառավ բզեզ: Մեր ցեղն էսպես է: Շատ աշխատասեր ենք: Բայց աշխատելուց պստիկանում, բզեզ ենք դառնում:

Էս որ փեսեն լսում է, վախից քիչ է մնում պոռշը ճաքի, էն է լինում որ էն, արգելում է Հուռիին ձեռն էլ բանի չտա, որ մորքուրի նման բզեզ չդառնա:

ՄՈՒՏԼԻԿ ՈՐՍԿԱՆԸ

Հորս կնունքով, մորս ծնունդով, վեր կացանք մի օր հինգ ու վեց ոգով, թրով-թվանքով որսի գնացինք: Հաղին էր, Հյուղին էր, Չատին էր, Մատին էր, հերս էր, ես էի, գնացինք որսի...

Սարեր, ձորեր դուզ գնացինք, որտեղ որս կար՝ սուս ու փուս գնացինք, որտեղ ահ էր՝ կուզ ու կուզ գնացինք...

Գնացի՜նք, գնացի՜նք, շատ թե քիչ, մին էլ տեսնենք երեք լիճ. երկուսը ցամաք, մնի մեջ էլ բսկի ջուր չկա: Մին էլ, բիր, մտիկ տանք, որ էս անջուր լճում լողում են, ճչում երեք հատ սպիտակ բաղ, երկուսը սատկած են, մինն էլ կենդանի չի:

— Հաղի՛, տո՛ւր հա, տո՛ւր:

Թե՝ թվանք չունեմ:

— Հյուղի՛, տո՛ւր հա, տո՛ւր:

— Ես էլ չունեմ:

— Չատի... Մատի...

— Մենք էլ չունենք:

— Բա ի՞նչ անենք...

Հորս ձեռին կարճ ու երկար, հաստ ու բարակ մի փետ կար. երեսն առավ, նշան դրեց, մին էլ տրա՛ք, որ կրակեց... Նա կրակեց, ես զարկեցի, որ զարկեցի՝ փռվեց էսպես՝ ամեն թևը հինգ գազ ու կես...

— Հաղի, դանա՛կ...

Թե՝ դանակ չունեմ:

— Հյուղի, դու...

— Ես էլ չունեմ:

— Չատի՞, Մատի՞...

— Մենք էլ չունենք...

Հերս էլ ունի, բերան չունի:

Էս անբերան դանակը քաշեցինք: Հաղին մորթեց, չկարաց. Հյուղին մորթեց, չկարաց, Չատին չկարաց, Մատին չկարաց, հերս էլ չկարաց, է՛ս քաշեցի մորթեցի:

Մորթեցի, վեր զցեցի, բաղ մի ասիլ՝ մի զոմեշ ասա: Հաղին շալակեց, չկարաց, Հյուղին շալակեց, չկարաց, Չատին չկարաց, Մատին չկարաց, հերս էլ չկարաց, է՛ս շալակեցի: Շալակեցի, գնացինք:

Գնացինք, գնացինք, հասանք մի տեղ, մին էլ տեսնենք երեք գեղ, երկուսի տեղն իսկի չի երևում, մնումն էլ իսկի շենլիկ չկա: Էս անշեն գեղում դես ման եկանք, դեն ման եկանք, մի տուն գտանք, մեջը երեք պառավ, երկուսը մեռած, մինի բերանումն էլ շունչ չկա:

— Տղերք, ասինք, եկեք բաղով փլավ անենք։

Էս անշունչ պառավը գնաց դես ման եկավ, դեն ման եկավ, կես բրինձ գտավ, երեք պղինձ, երկուսը ծակ, մինն էլ իսկի տակ չունի։

Ջուրը լցրինք էս անտակ պղինձը, մեջը ածինք բաղն ու բրինձը, անկրակ եփեցինք։ Եփեց, եփեց, միսն ու բրինձը գնացին, մնաց ջուրը։

Որսից եկած սոված մարդի՜կ, վրա եկանք, կերա՜նք, կերա՜նք, ոչ աչքներս բան տեսավ, ոչ բերաններս բան մտավ։

ՈՒԼԻԿԸ

1

Խոր անտառում մի այծ է լինում։ Ունենում է մի գեղեցիկ ուլ։

Ուլին ամեն օր թողնում է տանը, ինքը գնում է արոտ անելու։ Արածում է և իրիկունը կուրծքը լիքը տուն է գալիս։ Տուն է գալիս, դուռը զարկում ու մկկում, կանչում.

Սնուկ ուլիկ,
Սիրուն բալիկ,
Ման եմ եկել սարե-սար,
Կաթն եմ արել քեզ համար,
Դռնակը բա՛ց, ներս գամ ես,
Անուշ-անուշ ծիծ տամ քեզ.
Սնուկ ուլիկ, Սիրուն բալիկ։

Ուլիկն իսկույն վեր է թռչում, դուռը բաց անում։ Մայրը ծիծ է տալիս նրան ու կրկին գնում արոտ։

2

Էս բոլորը թաքուն տեսնում է գայլը: Մի իրիկուն այծից առաջ գալիս է, դուռը զարկում ու իր հաստ ձայնով կանչում.

Սնուկ ուլիկ,
Միրուն բալիկ,
Ման եմ եկել սարե-սար,
Կաթն եմ արել քեզ համար,
Դռնակը բա՛ց, ներս գամ ես,
Անուշ-անուշ ծիծ տամ քեզ.
Սնուկ ուլիկ, Միրուն բալիկ:

Ուլիկը լսում է, լսում ու պատասխանում, «Էդ ո՞վ ես դու. չեմ ճանաչում: Իմ մայրը էդպես չի կանչում: Նա քաղցր ու բարակ ձայն ունի: Քո ձայնը կոշտ է ու կոպիտ: Դուռը բաց չե՛մ անի... Գնա՛... Չեմ ուզում քեզ...»

Ու գայլը հեռանում է, զնում:

3

Գալիս է մայրը, դուռը ծեծում.

Սնուկ ուլիկ,
Միրուն բալիկ,

Ման եմ եկել սարե-սար,
Կաթն եմ արել քեզ համար,
Դռնակը բա՛ց, ներս գամ ես,
Անուշ-անուշ ծիծ տամ քեզ.
Սնուկ ուլիկ, Միրուն բալիկ:

Ուլիկը դուռը բաց է անում, ծիծ է ուտում ու մորը պատմում.

— Գիտե՞ս, մայրի՛կ, ինչ եղավ: Մի քիչ առաջ մինը եկավ, դուռը զարկեց ու կանչում էր.

Սնուկ ուլիկ,
Միրուն բալիկ:

Ասում էր՝ դուռը բա՛ց արա: Էնպե՛ս հաստ ձայն ունե՛ր: Էնպե՛ս վախեցա՛, էնպե՛ս վախեցա՛... Դուռը բաց չարի, ասի՝ չեմ ուզում, գնա՛...

— Պա՛, պա՛, պա՛, պա՛, Սնուկ ջան, ի՛նչ լավ է եղել, որ բաց չես արել,— ասավ վախեցած մայրը:— Էդ գայլն է եղել, եկել է, որ քեզ ուտի: Մյուս անգամ էլ որ գա, բաց չանես, ասա՝ գնա՛, թե չէ իմ մայրը քեզ կպանի իր սուր պոզերով:

ՔԱՋ ՆԱԶԱՐԸ

1

Լինում է, չի լինում մի խեղճ մարդ՝ անունը Նազար։ Էս Նազարը մի անշնորհք ու ալարկոտ մարդ է լինում, է՜նքան էլ վախկոտ, է՜նքան էլ վախկոտ, որ մենակ ոտը ոտի առաջ չէր դնիլ, թեկուզ սպանեիր։ Օրը մինչև իրիկուն կնկա կողքը կտրած՝ նրա հետ դուրս գնալիս դուրս էր գնում, տուն գալիս՝ տուն գալի։ Դրա համար էլ անունը դնում են Վախկոտ Նազար։

Էս Վախկոտ Նազարը մի գիշեր կնկա հետ շեմքն է դուրս գալի։ Որ շեմքն է դուրս գալի՝ տեսնում է ճըքճըքան լո՜ւս-լուսնյակ գիշեր՝ ասում է.

— Ա՜յ կնիկ, ի՜նչ քարվան կտրելու գիշեր է՜... Սիրտս ասում է՝ վեր կաց գնա Հնդստանից եկող Շահի քարվանը կտրի բեր տունը լցրու...

Կինը թե.

— Ձենդ կտրի, տեղդ նստի, քարվան կտրողիս մտիկ արա...

Նազարը թե.

— Ա՜նզգամ կնիկ, ինչո՞ւ չես թողնում ես գնամ քարվան

կտրեմ բերեմ տունը լցնեմ: Էլ ի՞նչ տղամարդ եմ ես, էլ ինչո՞ւ եմ գդակ ծածկում, որ դու համարձակվում ես իմ առաջը խոսես:

Որ շատ կռվում է՝ կնիկը տուն է մտնում դուռը փակում:

— Հո՛ղեմ էդ վախկոտ գլուխդ, դե հիմի գնա քարվան կտրի: Էս Նազարս մնում է դռանը: Վախից լեղապատառ է լինում: Ինչքան աղաչում-պաղատում է, որ կնիկը դուռը բաց անի, չի լինում, բաց չի անում: Ճարը կտրած գնում է մի պատի տակի կուչ է գալի, դողալով գիշերն անց է կացնում, մինչև լուսը բացվում է: Նազարը խռոված պատի տակին արևկող արած սպասում է, որ կնիկը գա տուն տանի ու միտք է անում: Ամառվա շոգ օր, զազազած ճանճեր, ինքն էլ էնքան ալարկոտ, որ ալարում է քիթը սրբի, ճանճերը գալիս են սրա քիթը ու պռունգին վեր գալի, լցվում: Որ շատ նեղացնում են՝ ձեռը տանում է երեսին զարկում: Որ երեսին զարկում է՝ ճանճերը ջարդվում են առաջին թափում:

— Վա՜հ, էս ինչ էր...— մնում է զարմացած:

Ուզում է համրի, թե մի զարկով քանիսն սպանեց՝ չի կարողանում: Մտածում է, որ հազարից պակաս չի լինիլ:

— Վա՜հ,— ասում է,— ես էսպես տղամարդ եմ էլել ու մինչև էսօր չեմ իմացե՜լ... Ես, որ մի զարկով կարող եմ հազար շունչ կենդանի ջարդել, էլ ի՞նչ եմ էս անպիտան կնկա կողքին վեր ընկել...

էստեղից վեր է կենում ուղիղ գնում իրենց գյուղի տերտերի մոտ:

— Տե՛րտեր, օրհնյա ի տեր:

— Աստված օրհնի, որդի՛ս:

— Տե՛րտեր, բա չես ասիլ, էսպես-էսպես բան:

Պատմում է իր քաջագործությունը ու հետն էլ հայտնում է, որ պետք է իր կնկանից կորչի, միայն խնդրում է՝ իր արածը տերտերը գրի, որ անհայտ չմնա, ամենքն էլ կարդան իմանան: Տերտերն էլ, կատակի համար, մի փալասի կտորի վրա գրում է.

Անհաղթ հերոս Քաջըն Նազար,
Որ մին զարկի՝ ջարդի հազար:

Ու տալիս է իրեն:

Նազարս էս փալասի կտորը մի փետի ծերի ամրացնում է, մի ժանգոտած թրի կտոր կապում մեջքը, իրենց հարևանի իշին նստում ու գյուղից հեռանում:

2

Իրենց գյուղից դուրս է գալի, մի ճամփա է ընկնում ու գնում: Ինքն էլ չի իմանում, թե էդ ճամփեն ուր է տանում:

Գնում է գնում, մին էլ ետ է նայում, տեսնում է գյուղից հեռացել է: Էստեղ սիրտն աh է ընկնում: Իրեն սիրտ տալու համար սկսում է քթի տակին մռմռալ, երգել, իրեն-իրեն խոսել, իշի վրա բարկանալ: Քանի հեռանում է՝ էնքան վախը սաստկանում է, քանի վախը սաստկանում է՝ էնքան ձենը բարձրացնում է, սկսում է գոռգոռալ, հարայ-հրոց անել, հետն էլ մյուս կողմից էշն է սկսում զռալ... Էս աղմուկից ու աղաղակից թռչունները մոտիկ ծառերից են թռչում, նապաստակները թփերից են փախչում, գորտերը կանաչիցն են ջուրը թափում...

Նազարը ձենն ավելի է գլուխը գցում, իսկ որ մտնում է անտառը, թվում է, թե ամեն մի ծառի տակից, ամեն մի թփի միջից, ամեն մի քարի ետևից՝ որտեղ որ է գազան է հարձակվելու կամ ավազակ, սարսափած սկսում է գոռգոռալ, ոնց գոռգոռալ՝ ականջդ ոչ լսի:

Դու մի ասիլ հենց էս ժամանակ մի գյուղացի ձին քաշելով անտառում միամիտ գալիս է: Էս զարհուրելի ձենը ականջն է ընկնում թե չէ՝ կանգնում է.

— Վա՜յ,— ասում է,— ո՞նց թե, իմն էլ էստեղ էր հատե՜լ. կա-չկա էս ավազակներ են...

Ձին թողնում է, ընկնում է ճամփի տակի անտառն ու՝ երկու ոտն ուներ երկուսն էլ փոխ է առնում՝ փախչում:

Բախտդ սիրեմ, Քաջ Նազար. գոռգոռալով գալիս է տեսնում մի թամքած ձի ճամփի մեջտեղը կանգնած իրեն է սպասում: Իշիցը վեր է գալի, էս թամքած ձիուն նստում ու շարունակում իր ճամփեն:

3

Շատ է գնում, քիչ է գնում, շատն ու քիչն էլ ինքը կիմանար, գնում է ընկնում մի գյուղ, ինքը գյուղին անծանոթ գյուղն իրեն: Ո՞ւր գնա, ուր չի գնա: Մի տանից զուռնի ձեն է լսում, ձին քշում է էս ձենի վրա, գնում է ընկնում մի հարսանքատուն:

— Բարի օր ձեզ:

— Ա՛յ աստծու բարին քեզ, բարով հազար բարի եկար: Համեցեք հա, համե՛ցեք, դե ղոնախն աստծունն է. սրան տանում են իր դրոշակով սուփրի ծերին բազմեցնում: Աչքդ էն բարին տեսնի, ինչ որ լցնում են առաջը՝ թե ուտելիք, թե խմելիք:

Հարսանքավորները հետաքրքրվում են իմանան, թե ով է էս տարօրինակ անծանոթը: Ներքի ծերից մինը բոթում է իր կողքի նստածին ու հարցնում, սա էլ իր կողքի նստածին է բոթում, էսպես հերթով իրար բոթելով ու հարցնելով բանը մնում է վերի ծերին նստած տերտերին: Տերտերը մի կերպով ղոնախի դրոշակի վրա կարդում է.

Անհաղթ հերոս Քաջըն Նազար,
Որ մին զարկի՝ ջարդի հազար:

Կարդում է ու զարհուրած հայտնում է իր կողքի նստածին, սա էլ իր կողքի նստածին, սա էլ իր երրորդին, երրորդը չորրորդին, էսպեսով հասնում է մինչև դռան տակը, ու ամբողջ հարսանքատունը դղրդում է թե՝ բա՜ չես ասիլ նորեկ ղոնախն է ինքը.

Անհաղթ հերոս Քաջըն Նազար,
Որ մին զարկի՝ ջարդի հազար:

— Քաջ Նազարն է հա՛...— բացականչում է պարծենկոտի մինը.— Ի՛նչքան է փոխվել, միանգամից լավ չճանաչեցի...

Եվ մարդիկ են գտնվում, որ պատմում են նրա արած քաջագործությունները, հին ծանոթությունն ու միասին անցկացրած օրերը:

— Հապա ինչպես է, որ էսպես մարդը հետը ոչ մի ծառա չունի,— զարմանքով հարցնում են անծանոթները:

— Էդպես է դրա սովորությունը, ծառաներով ման գալ չի սիրում: Մի անգամ ես հարցրի, ասավ՝ ծառան ի՞նչ եմ անում, ամբողջ աշխարհքն իմ ծառան է ու իմ ծառան:

— Հապա ի՞նչպես է, որ մի կարգին թուր չունի, էս ժանգոտած երկաթի կտորն է մեջքին կապել:

— Շնորհքն էլ հենց սրա մեջն է՛, որ էս ժանգոտ երկաթի կտորով մին զարկես ջարդես հազար, թե չէ լավ թրով, ի՞նչ կա որ, սովորական քաջերն էլ են ջարդում:

Ու ապշած ժողովուրդը ոտի է կանգնում, խմում է Քաջ Նազարի կենացը: Իրենց միջի խելոքն էլ դուրս է գալի ճառ է ասում Նազարի առաջ, ասում է՝ մենք վաղուց էինք լսել քո մեծ հռչակը. կարոտ էինք երեսդ տեսնելու և ահա էսօր բախտավոր ենք, որ քեզ տեսնում ենք մեր առաջ: Նազարը հառաչում է ու ձեռքը թափ է տալիս: Ժողովրդականները խորհրդավոր իրար աչքով են անում, հասկանում են, թե էդ հառաչանքն ու ձեռքի թափ տալը ինչքան բան կնշանակեր...

Աշուղն էլ, որ էնտեղ էր, ձեռաց երգ է հորինում ու երգում:

«Բարով եկար հազար բարի,
Հզոր արծիվ մեր սարերի,
Թագ ու պարծանք մեր աշխարհի,
Անհաղթ հերոս Քաջըղ Նազար,
Որ մին զարկես ջարդես հազար:

Խեղճ տըկարին դու ապավեն,
Ազատ կանես ամեն ցավեն,
Մեզ կըփրկես անիրավեն,
Անհաղթ հերոս Քաջըղ Նազար,
Որ մին զարկես ջարդես հազար:

Մատաղ ենք մենք քո դըրոշին,
Մեջքիդ թըրին, տակիդ ռաշին,
Նրա ոտին, պոչին, բաշին,
Անհաղթ հերոս Քաջըղ Նազար,
Որ մին զարկես ջարդես հազար:

Ու ցրվելով հարբած հարսանքավորները տարածում են ամեն տեղ, թե գալիս է.

Անհաղթ հերոս Քաջըն Նազար,
Որ մին զարկի՝ ջարդի հազար:

Պատմում են նրա զարմանալի քաջագործությունները, նկարագրում են նրա ահռելի կերպարանքը: Ու ամեն տեղ իրենց նորածին երեխաների անունը դնում են Քաջ Նազար:

4

Հարսանքատնից հեռանամ է Նազարն ու շարունակում է իր ճամփեն: Գնում է հասնում մի կանաչ դաշտ: Էս կանաչ դաշտում ձին թողնում է արածի, դրոշակը տնկում է, ինքն էլ դրոշակի շվաքում պառկում քնում:

Դու մի ասիլ օխտը հսկա եղբայրներ կան, օխտը ավազակապետ, էս տեղերը նրանցն են, իրենց ամրոցն էլ մոտիկ սարի գլխին է: Էս հսկաները վերնից մտիկ են տալիս՝ որ մի մարդ եկել է իրենց հանդում վեր է եկել: Շատ են զարմանում, թե էս ինչ սրտի տեր մարդ պետք է լինի, քանի գլխանի, որ առանց քաշվելու եկել է իրենց հանդում հանգիստ վեր է եկել ու ձին էլ բաց թողել: Ամեն մինը մի գուրզ ուներ քառասուն լդրանոց: Էս քառասուն լդրանոց գուրզները վերցնում են գալի: Գալիս են ի՞նչ ես տեսնում, հրես մի ձի արածում է, մի մարդ կողքին քնած, գլխավերևը մի դրոշակ տնկած, դրոշակի վրեն գրած.

Անոաղթ հերոս Քաջըն Նազար,
Որ մին զարկի՝ ջարդի հազար:

Վա՜յ, Քաջ Նազարն է... Մատները կծում են հսկաներն ու մնում են տեղները սառած: Դու մի՜ ասիլ հարբած հարսանքավորների տարածած լուրը սրանց էլ է լինում հասած: Էսպես թուքները ցամաքած, չորացած սպասում են, մինչև Նազարն իր քունն առնում է ու զարթնում, որ զարթնում է, աչքերը բաց է անում գլխավերևը քառասուն լղրանց զուրզներն ուսներին օխտն ահռելի հսկաներ կանգնած՝ էլ փորումը սիրտ չի մնում: Մտնում է իր դրոշակի ետնն ու սկսում է դողալ, ոնց որ աշունքվա տերևը կդողա: Էս հսկաները որ տեսնում են սա գունատվեց ու սկսեց դողալ, ասում են՝ բարկացավ, հիմի որտեղ որ է մի զարկով օխտիս էլ կսպանի, առաջին գետին են փռվում ու խնդրում են.

Մենք լսել էինք քո ահավոր անունը, տեսության էինք փափագում, այժմ բախտավոր ենք, որ քո ոտով ես եկել մեր հողը: Մենք, քո խոնարհ ծառաներդ՝ օխտն ախպեր ենք, ահա մեր ամրոցն էլ էն սարի գլխին է՝ մեջը մեր գեղեցիկ քույրը: Աղաչում ենք

— Անհաղթ հերոս Քաջըն Նազար,
Որ մին զարկես՝ ջարդես հազար
շնորհ անես գաս մեր հացը կտրես...

Էստեղ Նազարի շունչը տեղն է գալի, նստում է իր ձին, նրանք էլ դրոշակն առած առաջն են ընկնում ու հանդիսավոր տանում են իրենց ամրոցը: Տանում են ամրոցում պահում, պատվում թագավորին վայել պատվով, ու էնքան են խոսում նրա քաջագործություններից, էնքան են գովում, որ իրենց գեղեցիկ քույրը սիրահարվում է վրեն: Ինչ ասիլ կուզի՝ հարգն ու պատիվն էլ հետն ավելանում է:

5

Էս ժամանակ վագր է լուս ընկնում էս երկրում ու սարսափ գցում ժողովրդի վրա։ Ո՞վ կսպանի վագրին, ո՞վ չի սպանիլ։ Իհարկե Քաջ Նազարը կսպանի։ Էլ ո՞վ սիրտ կանի վագրի դեմը գնա։ Ամենքն էլ Նազարի երեսին են մտիկ տալի, վերևը մի աստված, ներքևը մի Քաջ Նազար։

Վագրի անունը լսելուն պես Նազարը վախից դուրս է վազում, ուզում է փախչի ետ գնա իրենց տունը, իսկ կանգնածները կարծում են, թե վազում է, որ գնա վագրին սպանի։ Նշանածը բռնում է կանգնեցնում, թե՝ ո՞ւր ես վազում էդպես առանց զենքի, զենք առ հետո էնպես գնա։ Զենք է բերում տալիս իրեն, որ գնա իր փառքի վրա մի քաջություն էլ ավելացնի։ Նազարը զենքն առնում է դուրս գնում։ Դնում է անտառում մի ծառի բարձրանում, վրեն տապ անում, որ ոչ ինքը վագրին պատահի, ոչ վագրը իրեն։ Ծառի վրա կուչ է գալի ու Նազարն ո՞վ կտա — հոգին դառել է կորեկի հատ։ Հակառակի նման անտեր վագրն էլ գալիս է հենց էս ծառի տակին պառկում։ Նազարը որ վագրին չի տեսնո՜ւմ՝ լեղին ջուր է կտրում, աչքերը սևանում են, ձեռն ու ոտը թուլանում են ու, թրը՜մփ, ծառիցը ընկնում է գազանի վրա։ Վագրը սարսափած տեղիցը վեր է թռչում, Նազարն էլ վախից կպչում է սրա մեջքին։ Էսպես զարհուրած, Նազարը մեջքին կպած՝ էս խրտնած վագրը փախչում է, ոնց է փախչում, էլ սար ու ձոր, քար ու քոլ չի հարցնում։

Մարդիկ մին էլ տեսնում են, վա՜հ, Քաջ Նազարը վազրին նստած քշում է:

— Հա՜յ-հարա՜յ, եկե՜ք հա, եկե՜ք, Քաջ Նազարը վազրին ձի է շինել հեծել... տվե՜ք հա տվե՜ք... Սրտավորվում են, ամենքը մի կողմից հարայ-հրոցով, հըռհըռոցով հարձակվում են՝ խանչալով, թրով, թվանքով, քարով, փետով տալիս են սպանում:

Նազարը որ ուշքի է գալիս, լեզուն բացվում է:

— Ափսո՜ս,— ասում է,— ընչի՞ սպանեցիք, զոռով մի ձի էի շինել նստել... էնքան պետք է քշեի ո՜ր...

Լուրը գնում է հասնում ամրոցը: Մարդ, կին, մեծ, պստիկ՝ ժողովուրդը դուրս է թափում Նազարին ընդունելու: Վրեն երգ են կապում ու երգում:

Էս աշխարհքում,
Մարդկանց շարքում
Ով կըլնի քեզ հավասար,
Ո՜վ քաջ Նազար:

Ինչպես ուրուր,
Կայծակ ու հուր,
Բարձր բերդից թռար հասար.
Ո՜վ քաջ Նազար:

Աժեղ վազրին
Արիր քո ձին,
Հեծար անցար դու սարեսար,
Ո՜վ Քաջ Նազար:

Մեզ փըրկեցիր,
Ազատեցիր,
Փառք ու պարծանք քեզ դարեդար,
Ո՜վ Քաջ Նազար:

Ու պսակեցին Քաջ Նազարին հսկաների գեղեցիկ

քրոջ հետ. օխտն օր, օխտը գիշեր հարսանիք արին, երգերով գովեցին թագավորին ու թագուհուն:

— Լուսընկան նոր սարն ելավ,
Էն ո՞ւմ նըման էր:

— Լուսընկան նոր սարն ելավ,
Էն Քաջ Նազարն էր:

— Արեգակ նոր շաղեշաղ,
Էն ո՞ւմ նըման էր:

— Արեգակ նոր շաղեշաղ,
Էն իր նազ-յարն էր:

Մեր թագավորն էր կարմիր,
Իրեն արնն էր կարմիր,
Թագն էր կարմիր, հա՜յ կարմիր,
Կապեն կարմիր, հա՜յ կարմիր,
Գոտին կարմիր, հա՜յ կարմիր,
Սոլեր կարմիր, հա՜յ կարմիր,
Թագուհին կարմիր, հա՜յ կարմիր,
Կարմիր թագուհուն բարև,
Կարմիր թագվորին արև:
Շնորհավոր, շնորհավոր,
Քաջ Նազարին շնորհավոր,

Իր նազ-յարին շնորհավոր,
Ողջ աշխարհին շնորհավոր։

6

Դու մի՛ ասիլ էս աղջկանը ուզած է լինում հարևան երկրի թագավորը։ Որ իմանում է իրեն չեն տվել, ուրիշի հետ են ամուսնացրել՝ զորք է կապում պատերազմով գալիս է օխտն ախպոր վրա։

Էս օխտը հսկան գնում են Քաջ Նազարի մոտ, պատերազմի լուրը հայտնում են, գլուխ են տալի առաջը կանգնում՝ հրաման են խնդրում։

Պատերազմի անունը որ լսում է՝ սարսափում է Նազարը. դուրս է պրծնում, որ փախչի ետ գնա իրենց գյուղը։ Մարդիկ կարծում են ուզում է իսկույն դուրս վազել հարձակվել թշնամու բանակի վրա։ Առաջն են ընկնում, բռնում են խնդրում, թե ախր առանց զենքի ու զրահի մենակ ո՞ւր ես գնում, ի՛նչ ես անում, գլխիցդ ձեռք ես վերցրել, ի՞նչ է։

Բերում են զենք ու զրահ են տալի, կնիկն էլ եղբայրներին խնդրում է, որ չթողնեն Նազարին իր քաջությունից տարված մենակ հարձակվի թշնամու զորքի վրա։ Եվ լուրը գնում տարածվում է զորքի ու ժողովրդի մեջ, լրտեսների միջոցով էլ հասնում է թշնամուն, թե Քաջ Նազարը մենակ առանց զենքի թռչում էր դեպի պատերազմի դաշտը, հազիվ են կարողացել զսպել ու շրջապատված բերում են...

Պատերազմի դաշտում մի ամեհի նժույգ ձի են բերում, Նազարին նստեցնում վրեն։ Ոգևորված զորքն էլ հետը վեր է կենում ահագին աղմուկով՝ կեցցե՛ Քաջըն Նազա՛ր... մա՛հ թշնամո՛ւն...

Նազարի տակի նժույգը, որ տեսնում է վրեն ինչ անպետքի մինն է նստած՝ խրխնջում է, գլուխն առնում ու թռչում առաջ, ուղիղ դեպի թշնամու բանակը։ Զորքերը կարծում են Քաջ Նազարը հարձակվեց, ուռա՛ են կանչում ու իրենք էլ ետևից հարձակվում ամենայն սաստկությամբ։ Նազարը որ տեսնում է չի կարողանում իր ձիու գլուխը պահի, քիչ է մնում վեր ընկնի, ձեռը գցում է, ուզում է մի ծառի փաթաթվի, դու մի՛ ասիլ ծառը փտած է, մի գերանաչափ ճյուղը պոկ է գալիս մնում ձեռին։ Թշնամու զորքերը, որ առաջուց համբավը լսել էին ու ահը սրտներումն էր, էս էլ որ իրենց աչքով տեսնում են՝ էլ փորներումը սիրտ չի մնում, երես են շուռ տալիս, փա՛խի, որ փա՛խի, թե մարդ ես գլուխդ պրծացրու, որ Քաջ Նազարը ծառերն արմատահան անելով գալիս է...

Էդ օրը թշնամուց ինչքան կոտորվում է կոտորվում, մնացածները թուրները դնում են Քաջ Նազարի ոտի տակին, հայտնում են իրենց հպատակությունն ու հնազանդությունը։

Ու պատերազմի ահեղ դաշտից Քաջ Նազարը հսկաների ամրոցն է վերադառնում։ Ժողովուրդը հաղթական կամարներ է կապում, աննկարագրելի ոգևորությամբ, ուռաներով և կեցցեներով, երգով ու երաժշտությունով, աղջիկներով ու ծաղիկներով, պատգամավորություններով ու ճառերով առաջն է դուրս գալի, էնպես մի փառք ու պատիվ, որ Նազարը մնացել է ապշած շշկլված:

Էսպես առքով-փառքով էլ բերում հրատարակում են իրենց թագավոր ու բազմեցնում են թագավորի թախտին: Քաջ Նազարը դառնում է թագավոր, էն հսկաներից ամեն մեկին էլ մի պաշտոն է տալիս: Մին էլ տեսնում է աշխարհքը իր բռան մեջ:

Ասում են մինչև էսօր էլ դեռ ապրում ու թագավորում է Քաջ Նազարը: Ու՝ երբ քաջությունից, խելքից, հանճարից մոտը խոսք են գցում՝ ծիծաղում է, ասում է.

— Ի՛նչ քաջություն, ի՛նչ խելք, ի՛նչ հանճար. դատարկ բաներ են բոլորը: Բանը մարդու բախտն է: Բախտ ունե՞ս՝ քեֆ արա...

Եվ ասում են՝ մինչև էսօր էլ քեֆ է անում Քաջ Նազարը ու ծիծաղում է աշխարհքի վրա:

ԲՈՎԱՆԴԱԿՈՒԹՅՈՒՆ

www.ingramcontent.com/pod-product-compliance
Lightning Source LLC
Chambersburg PA
CBHW010400310726
48979CB00017B/2797/J

* 9 7 8 1 6 4 4 3 9 9 0 2 6 *